KB104196

품안의 숲

따숲네

품안의 숲 따숲네

펴 낸 날/ 초판1쇄 2023년 5월 20일
지 은 이/ 김성범

펴 낸 곳/ 도서출판 기역
편   집/ 책마을해리
출판등록/ 2010년 8월 2일(제313-2010-236)
주   소/ 전북 고창군 해리면 월봉성산길 88 책마을해리
         경기도 파주시 회동길 363-8
문   의/ (대표전화)070-4175-0914 (전송)070-4209-1709

ISBN 979-11-91199-66-6   03810

도깨비마을 촌장의 섬진강 일기

품안의 숲
따숲네

김성범 지음

덩어리 시간 속으로 들어가다

이 글은 산으로 들어와 살게 되면서 쓰기 시작한 글입니다. 고등학교 때부터 산에서 살겠다고 되뇌었지만 참말로 산속에 거처를 옮기려고 계획을 세우자, 걱정을 넘어 두려움까지 엄습했습니다.

눈 딱 감고 저질렀지요. 품격 있게 말하면 용기를 냈습니다. 사람들과 부대끼며 생활하는 것이 거추장스럽거나 능숙하지 못한 까닭이었겠지요. 승용차도 들어올 수 없는 깊은 곳을 선택했습니다. 내가 하고 싶은 일만 하면서 살기로 했습니다. 글 쓰고, 조각하고, 동요를 지으면서요. 그러다가 언젠가 내가 세상을 마무리할 즈음에는 어린이들을 위한 장소가 되어있으면 좋겠다는 생각을 했습니다. 세상이 점점 가상공간화 되어가는 게 못마땅했으니까요. 어린이들에게 자연과 친해져 볼 수 있는

공간도 필요하게 될 거라는 생각이었지요.

이곳에서 생활을 시작하면서 일기를 썼습니다. bumstar란 닉네임으로 홈페이지를 개설해 놓고 '섬진강 일기'란 방에다 하루의 일과를 두서없이 썼습니다. 그러다가 굳이 홈페이지를 유지할 의미가 없었던 까닭에 폐쇄해버렸는데, 시간이 지나면서 그 시절이 그리워졌습니다. 자연과 처음으로 접하면서 느낀 새롭거나 신비로움을 기록해놓은 것이었으니까요. 다시는 그때의 그 마음으로 돌아갈 수 없다고 생각하니 대단한 보물이라도 되는 양 아까운 생각이 들었습니다.

세상에나! 20년이 지난 지금, 그 파일을 받아놓은 사람이 있었습니다. 찬찬히 읽어봅니다. 이제 이곳은 나의 의지와는 관계없이 많은 사람들이 들랑거리는 '섬진강 도깨비마을'이란 문화예술기업 겸 숲체험원이 되었습니다. 그럼에도 돌이켜보니 내가 처음 이곳으로 들어오면서 했던 생각은 그대로 유지되고 있어서 고마웠습니다. 그런데 왜 하필 이 순간에 이 글이 나에게 왔을까 생각해봅니다.

코로나19 시대가 왔습니다. 메르스·사스뿐만 아니라 집중호우로 인한 섬진강의 범람이 나에게는 충격으로 다가왔습니다. 잘은 모르지만 사람들의 무분별한 환경착취에 대한 지구의 보복이 시작되었다는 생각입니다. 대비하기엔 너무 늦어버린 건 아닐까, 조바심이 들기도 합니다.

이렇듯 거창한 생각도 해보지만 소소하게 바라보면 나에

게 산골생활이란 결코 편하지만은 않았습니다. 하지만 꽤 감동적이었고 내 삶에서 이보다 아름답고 행복한 시절은 없었습니다. 왜 그럴까? 생각해보았는데… 덩어리 시간이란 결론을 내렸습니다. 세상 살면서 늘 촘촘하게 짜인 시간표 안에서 어긋나지 않도록 스스로 나를 다그쳤는데, 이곳에서는 덩어리 시간이 주어진 것입니다. 난 산으로 들어온 것이 아니라 덩어리 시간으로 들어온 것이었습니다. 덩어리 시간은 나에게 수많은 선물보따리를 풀어 놓았습니다. 온전한 시간을 갖게 되자 자연스레 주위를 살펴보면서 관찰하게 되었고 차분하게 생각할 수 있는 틈이 생겨났습니다. 풀과 나무, 곤충과 산짐승들! 수많은 생명들의 일어서고 스러짐은 신비롭지 않을 수 없었지요. 자연에 대한 기쁨과 즐거움, 경외가 늘 함께 있을 수밖에요. 이러한 생활 속의 감동들이 나를 아름답고 행복한 시절로 만들어놓았습니다.

혹시, 세상 사는 일이 무료하거나, 힘들거나, 산골생활을 꿈꾸는 사람들에게 이 글이 응원이 될 수 있으면 좋겠다는 생각을 해봅니다.

섬진강 도깨비마을에서 김성범

차례

어여쁘거나 얄밉거나

반달 향기

방문을 열고 나갔다가 가슴이 철렁 내려앉았습니다. 딱, 반달이 앞산에 떠올랐습니다. 이렇게 숨이 탁 멈춘 건, 아무 이유가 없었습니다. 어찌 그럴 수 있느냐고 나한테 물어보았지만 참말로 아무 이유 없이 가슴이 내려앉았습니다.

허기가 져서 냉장고를 뒤져봤습니다. 쪼글쪼글 말라비틀어진 사과가 한 개가 있습니다. 반쪽으로 나누니 반달과 같은 모양이 되었습니다.

사과향이 방에 가득 들어찹니다.

반달향입니다.

꽃이 피었습니다

어제 눈이 남아 있는 양지 녘에 키 작은 쑥부쟁이가 꽃봉오리를 맺어놓았기에 짠하고도 아까워서 꺾어 방에 들였습니다.

장작불 떼어놓고 하룻밤 푹 함께 자고 일어났더니, 쑥부쟁이 여러 송이가 한꺼번에 활짝, 몸을 풀었습니다.

지난해 마지막 꽃인 줄 알았던 쑥부쟁이가 올해 첫날 첫 꽃이 되었습니다.

솔잎차를 끓입니다. 음악과 나무 타는 소리와 불 일렁이는 소리…. 새해 첫날입니다.

귀신 이야기

산으로 이사를 와서 가장 나를 압도한 건 어둠입니다. 달빛도 별빛도 없는 흐린 날 밤에 마당에 나가 서면 아무것도 없는 세상이 됩니다. 말 그대로 칠흑 같은 밤입니다. 뻔히 마당인 줄 알면서도 발을 내딛다가 낭떠러지로 떨어질 수 있다는 착각이 들 때도 있습니다.

눈을 뜨고도 보이지 않을 때는 눈을 감는 것도 방법입니다. 어둠이 나를 감싸고 천천히 한 발 한 발 내딛으면 상상의 세계로 빠져들어 갈 수 있지요. 이건 놀이가 될 수 있습니다. 하지만 산속에서 이상한 소리가 들릴 때는 그렇지 못합니다.

어두운 밤중에 밖에서 소리가 나면 긴장이 됩니다. 아직도 왜 이런 소리가 나는지 알 수는 없습니다. 동물 소리와는 다른 소리가 납니다. 무어라고 설명할 수 없는 소리들이 나지요. 오싹해지지만 정면 돌파 원칙을 정했습니다.

무조건 소리 나는 쪽으로 나갑니다. 무슨 일인지 눈으로 확인해야만 합니다. 물론 캄캄한 밤에는 마당도 허방을 밟는 듯 아무것도 보이지 않지만 아직까지 소리 나는 정체를 눈으로 확인한 적은 없습니다. 이제 소리를 따라서 마당을 떠나 뒤꼍과 산속까지 들어가 봅니다.

소리가 밖에서만 나는 건 아닙니다. 작업실에서 날 때도 있습니다. 도저히 이해되지 않을 만큼 커다란 소리로, 무엇인가 넘어지는 소리가 날 때가 있습니다. 용기를 내어 작업실에 들어가 보면, 흩트려져 있는 것은 없습니다. 무엇보다도 기분이 별로인 건 사람 수런거리는 소리입니다. 이 역시 사람을 만난 적은 없습니다. 하지만 이젠, 밖에서 소리가 나더라도 나가지 않은 경우가 더 많습니다. 귀찮아졌기 때문입니다.

집터를 잡았을 때, 작은방 창문 옆에 무덤이 하나 있었습니다. 찜찜했지요. 그런데 다행히도 내가 이사를 들자마자 이장을 해갔습니다. 무덤의 주인이 점을 쳐보니, 빨리 이장해서 나가지 않으면 자손이 다칠 수 있다고 했답니다. 참말로 고마운 점쟁이입니다.

지극히 개인적인 생각이지만 귀신도 사람을 놀래켰을 때 사람이 놀라야 재밌지, 놀라지 않으면 별로 재미없어할 것 같습니다.

오늘밤에도 밖에서 이상한 소리가 납니다.

야, 이제 조용히 좀 살자!

불편한 사치

내가 산중에 살면서 가장 큰 사치처럼 보이는 게 벽난로입니다. 그런데 이게 얼마나 불편한 사치인지 모릅니다. 나무를 하러 산을 돌아다녀야 하고, 도끼질을 해야 합니다. 어디 그뿐이겠습니까, 불을 피울 땐 좋지만 다음날 아침에는 태웠던 재를 치워야만 합니다.

벽난로에 불을 지피면 그 앞에 앉아서 팔랑이는 불을 손바닥으로 받아내어 얼굴을 쓰다듬습니다. 참나무 때죽나무 벚나무 냄새가 얼굴에 묻어납니다. 옹이가 든 장작을 불 속에 넣습니다. 삐이삐이 옹이에서 새소리가 빠져나옵니다. 얼른 손바닥으로 새를 받아냅니다. 손바닥 안으로 뜨거운 새 한 마리가 들어옵니다. 두 손을 꼭 모아 잡아봅니다.

나무에 새만 깃들어 있는 건 아닙니다.

도끼질을 하다 보면 나무가 쪼개지면서 동면을 하고 있던 애벌레가 허연 맨몸을 드러낼 때가 있습니다. 살을 에는 찬바람 속에다 옷을 벗겨낸 것 같아 얼마나 미안한지 모릅니다. 얼른 부엽토로 덮어줍니다.

넌 하늘로 날아오를 꿈을 꾸고 있잖아, 이번 어려움만 꾹 참고 이겨내라.

부엽토를 다독여주는 수밖에요.

이 세상 최고의 음악

에프엠(FM) 라디오 음악 듣는데, 다른 소리가 끼어듭니다.

오디오를 끄고 귀 기울이니, 처마에서 봄눈 녹은 물이 떨어집니다.

톡 톡 토독.

먼 산을 바라봅니다.

이 세상 최고의 음악은 고요함이었습니다.

음표도 없이, 리듬도 없이

토독 눈물이 떨어집니다.

먼 산등성이를 따라다니다가 눈을 감습니다.

봄이 갑니다

봄이 갑니다.

밤마다 울어대던 고라니도 호랑지빠귀도 조용해졌습니다.

아마도 새끼를 키우거나 알을 품고 있을 겁니다.

마당에 피었던 박태기꽃도 명자꽃도 꽃매화, 할미꽃, 살구꽃, 배꽃도 모두 졌습니다. 대신 감 이파리만 번쩍번쩍 광을 내고 있습니다.

자운영 꽃은 한창입니다. 연둣빛이던 이파리들이 짙어가고 고사리와 고비는 움켜쥔 손바닥을 쫙- 쫙- 펴댑니다. 오늘은 소쩍새가 초저녁부터 울어대고 비가 장마인 양 내립니다.

숲은 어찌 이렇게 스스로 일어나고 스러지는지요.

찬찬히 바라보면 풀꽃, 곤충 하나하나가 모두 기적입니다.

새를 두 손으로 감싸 올렸습니다

집 앞의 섬진강에는 독살이 있습니다. 돌로 강을 막아 물 흐름을 빠르게 하여 물고기를 잡아내는 어망입니다. 보편적으로 독살은 서해안에서 간만의 차를 활용해서 만든 독살이 대부분인데 강에서는 섬진강에서만 흔적이 남아 있다고 합니다. 이 독살을 마을사람들은 '도깨비살'이라고 부릅니다. 조선 초의 무장이었던 충정공 마천목 장군이 어렸을 적에 도깨비들을 부려서 하룻밤 만에 막았다는 이야기가 전해져 내려오는 곳이기 때문입니다.

산책을 하면서 나룻배를 타면 도깨비살을 쳐다볼 수밖에 없습니다. 그런데 오늘은 그곳을 직접 들어가 보기로 했습니다. '도깨비살'이란 제목을 걸어놓고 동화를 쓰고 있거든요. 그런데 마지막 부분이 풀리지 않고 있습니다. 도깨비살에 직접 들어가 보면 혹시, 이야기가 술술 풀려나올지도 모른다는 기대를 가지고 들어갔습니다.

강변에서 바라보는 것과 달리 꽤 넓은 고수부지입니다. 사람들의 손을 타지 않은 원시지의 모습이었습니다. 섬진강의 DMZ라고 해야 할까요? 멀리서 바라볼 땐 덤불같이 보였던 나무들이 내 키를 훌쩍 넘었습니다. 해찰을 부리며 돌아다니는데 발 아래 풀숲에서 새가 날아올랐습니다. 그런데 한 마리가 도망

가지 않고 날 쳐다보고만 있습니다. 두 손으로 감싸 올렸지요. 화, 포근함이라니! 벅차오르는 가슴. 바람이 깃털을 부- 하니 밀어 올립니다. 먼저 날아오른 새들이 우리 주위를 맴돌자 손 위에 있던 새가 풀쩍 날아올랐습니다. 멀리 날아갈 때까지 쳐다봤습니다. 그런데 이게 무얼까? 새가 앉아있던 곳에서 붉은 기운이 있는 주먹만한 돌이 있습니다. 무엇보다도 잔금이 너무나 많이 간, 세월이 덕지덕지 붙은 돌입니다.

　난 지금 책상 위에 강에서 주워온 돌을 올려놓고 글을 씁니다. 어쩌면 오늘 '도깨비살' 초고가 완성될지도 모르겠습니다.

　　어둠이 내리는데, 방안이 점점 어두워지는데, 스위치를 올리러 갈 수가 없었습니다. 일어나는 순간, 쓰고 있는 글의 흐름이 깨져버릴 것만 같으니까요. 그렇게도 풀리지 않던 글이 이렇게 물 흐르듯 써지다니요.

　　새벽 3시 30분, 드디어 도깨비살 초고가 완성되었습니다.

부끄러운 욕심

아침 안개가 골골이 피어오릅니다. 나뭇가지는 바람에 흔들거리고 먼 산부터 해님은 안개를 안 보일 듯 걷어 가는데 아침이 익숙하지 않은 나는 아침이 한가로워지자 답답하기까지 합니다. 쓸데없이 눈물이 많아져 『김해화의 꽃편지』란 시집을 읽다가 눈물이 찔끔 나와서 창밖을 바라보는데, 까치 다섯 마리가 뽕나무에 앉아서 오디를 따먹고 있습니다. 내가 아껴놓은 저 오디! 후닥닥 나도 오디를 따먹으러 밖으로 나갔습니다. 뽕나무에 다가가 보니, 까맣게 익은 오디가 가득합니다. 깜빡했습니다. 까치는 나처럼 보따리도 바구니도 가지고 다니지 않는다는 걸…. 부끄러워졌습니다.

나도 앞으로는 바구니를 들고 다니지 않기로 했습니다.

이쁜 똥 보라색 똥

요즈음 내가 꼭 곰이 된 듯합니다. 숲에 돌아다니면서 이런 저런 열매들을 주섬주섬 따먹고 다닙니다.

하얀 분이 서려 있는 맹감(청미래덩굴 열매) 열매를 옷에 문질러 번쩍번쩍 광을 내어 입에 넣고 씹어봅니다. 떫고 신맛에 몸이 오그라듭니다. 얼른 씨알 굵은 산딸기로 입맛을 달랩니다. 입이 까맣게 물들어 재밌는 오디도 따먹습니다.

오늘의 주인공은 온 산의 새똥을 보라색으로 물들인 버찌입니다. 어떤 새가 싸놓았든 모두 보랏빛입니다. 외출하고 돌아오면 토방이고 마당 앞 돌팍이고 간에 보랏빛 똥을 싸놓

습니다. 똥에는 하늘을 날았던 씨앗들이 오종종 박혀있지요.
식물들은 이렇듯 새를 먹여 살리기 위해서 탐스런 열매를 맺
어놓고 새들은 배불리 먹은 고마운 마음을 멀리까지 옮겨 소
문을 내놓습니다. 온 세상이 푸르러질 때까지 서로가 서로를
위하며 살겠지요. 새뿐만 아니라 다람쥐도 벚나무를 오르락
내리락합니다. 어디 다람쥐뿐인가요? 오늘은 나도 벚나무 아
래에서 뒹정거립니다. 곰처럼 가지를 잡아당겨 입으로 따먹
다가 양에 차질 않아 한주먹씩 모아서 입에 털어 넣습니다.

아~ 이 달콤함이라니!

그럼 이제 내 똥도?

드럽게 매운 고추할머니

 지난 5월 3일 곡성 장날. 조금 늦게 장에 나갔습니다. 텃밭에다 심을 모종을 사기 위해서였죠. 안 매운 고추모종은 가는 곳마다 떨어졌다고 합니다. 이리저리 돌아다니면서 맵지 않은 고추 모종을 찾으러 다녔습니다. 난 매운 걸 잘 못 먹기도 하고 풋내가 팍팍 나는 풋고추를 좋아하니까요.

 할매! 이거 안 매운 거다요?
 요즘 매운 고추를 누가 묵어!
 장난말도 몇 차례 오간 뒤 갖가지 모종을 샀습니다. 후에 알고 보니 다른 곳보다 조금 비싸게 샀고, 장날에 나오는 할머니들이 변했다는 이야기도 들었습니다. 주말이면 서울에서 곡성으로 기차여행을 오는 관광열차가 있는데 그때 서울사람들한테 바가지를 씌운다는 거였습니다. 그러니까 내가 그 할머니한테 숙맥처럼 보였다는 거겠지요.

 요즈음 텃밭에 고추가 열립니다. 당연히 징그럽게 매운 조선고추입니다. 그 할머니도 농사를 짓고 있을 텐데요. 올, 1년 농사를 망쳤습니다. 밭맬 기분도 나지 않아 방치해뒀습니다.

난 지금 친구네 고추를 따 먹고 삽니다. 그런데 내가 할머니한테 고추를 살 때, 옆에서 매운 고추모종밖에 없다던 아주머니들이 나를 쳐다보던 눈빛 말입니다.

왜 이제야 생각나는 걸까요?

강이야, 달 뜬다

커튼을 열어보니, 달이 곧 뜰 거 같습니다. 마당으로 달맞이를 나갑니다. 앞산 산등성이가 환하게 밝아지고 있습니다. 잠시 기다리니, 덩그러니 커다란 불덩어리가 올라와 달밤이 되었습니다.

앞산 뒷산에서 소쩍새가 돌림노래를 불러대기도, 합창을 하기도 합니다. 하지만 마당에서 달구경을 할 땐 불편한 점이 있습니다. 모기가 달려든다는 것이지요.

그런 까닭에 마당을 이리저리 서성이며 달을 쳐다보면 그런대로 운치가 삽니다.

오늘 달은 왜 이렇게 밝은지 모르겠습니다.

저렇게 달이 떴다고 누구한테 말해주고 싶은데, 말해줄 사람이 없습니다. 강이가 내 옆에 와 앉습니다. 강이한테 말을 건넵니다.

강이야, 저기 봐라. 달뜬다, 달 떠!
강이는 나만 바라봅니다.
강이한테는 내가 달인가 봅니다.
꼬옥 안아줍니다.

오늘은 달빛이 너무 좋아 오이 모종에 물을 주고 다닙니다. 꺾꽂이해놓은 국화에도, 뿌려놓은 잔디씨와 옮겨 심은 단풍나무에도 물을 주고 다닙니다. 강이는 나를 따라 다니고요.

커피 마시고 싶은 풍경

오늘 새벽에 비가 많이 왔습니다. 개인적으로 예전에는 시원하게 쏟아지는 비를 좋아했지만, 산에 들어온 뒤부터는, 정확하게 말해 산사태를 본 뒤부터는 억수로 내리는 비는 무섭고요, 보슬보슬 내리는 비를 좋아합니다. 우산이 없어도 어깨를 잔뜩 웅크리고 종종걸음질을 할 수 있을 만큼의 비 말입니다. 더 정확하게 말하면 비 내리는 풍경을 좋아합니다.

우산을 쓰고 밖에 나갑니다.
사람이 지워져 있는 강.

　배고픈 다리 위로 내리는 연둣빛 비.

　멍하니 바라보고 있는데 빗발이 굵어져 우산을 때리는 소
리가 커집니다.

　트트트트트….

　아, 커피 마시고 싶어라!

호연지기다!

비가 무작위로 떨어집니다. 비옷을 입고 삽을 들고 산을 한 바퀴 돕니다. 삽질을 하고 나면 비옷은 땀복 역할을 해서 온몸에 땀이 줄줄 흐르지요. 마당 앞으로 흐르는 계곡물에 몸을 씻으려는데 묘한 웃음이 나옵니다. 옷을 입은 채로 오줌을 싸보고 싶어졌습니다.

으~ 뜨뜻한 것이 허벅지를 타고 내립니다. 오만 생각이 다 듭니다. 내 몸 어디엔가 내장되어있는 금기사항? 하지만 옷에 실례를 하면서 뜻 모를 기쁨으로 가득 찹니다. 흐흐흐. 남들이 못할 일을 해봤으니까요.

옷을 벗고 몸을 씻고, 비는 계속 내립니다. 마당 한 쪽에 있는 바위 위에 올라섭니다. 하루 종일 안개가 가만히 있질 못하고 일렁입니다. 흐르다가, 솟구쳐 오릅니다. 오늘은 세상도 말끔하지만 내 몸도 참 말끔합니다.

바위 위에 우뚝 서서 안개로 일렁이는 먼 산 바라봅니다.
옷을 하나도 입지 않고 마당에 선 나,
바로 이런 걸 호연지기라고 하는 겁니다.

가장 기본원칙이 가장 소중한 원칙입니다

처음으로 왜낫을 썼는데, 힘이 훨씬 적게 들어갑니다. 풀만 벨 때는 조선낫보다는 왜낫을 사용해야 했습니다. 왜낫이 훨씬 가벼웠습니다. 그런데도 열심히 풀베기 작업을 하다 보니 손에 물집이 생깁니다. 진짜 농사꾼이 되려면 한참 멀었습니다.

실은 산책 나간다는 생각에 장갑을 끼지 않았는데 낫을 왜 챙겼는지 모르겠습니다. 일을 하려면 꼭 복장을 갖추자고, 다짐을 했으면서도 결국엔 또 지키지 못했습니다.

시간에 쫓기면서 일을 하지 말자는, 원칙도 정했습니다. 시간에 쫓기면 몸에도 무리가 가지만 사고가 나는 경우가 많거든요. 어제도 그랬듯 세상 살면서 가장 기본적인 원칙이 가장 소중한 원칙입니다.

애호박을 송송송 썰어 넣고

호박 몇 구덩이가 제법 실해서 본격적으로 열리려나 봅니다. 내 두 주먹만 한 호박 한 덩이와 호박잎을 땄습니다. 반찬을 만들기 위해서죠. 해야 할 작업이 있거나 작품이 잘될 때는 분위기가 깨져버릴까 봐 밥 먹는 시간을 최대한  단축시키거나 아예 굶어 버릴 때도 있지만 오늘처럼 한가한 날은 반찬 만들어 먹는 재미도 꽤 쏠쏠합니다.

호박잎은 껍질을 벗겨서 푹 삶고 호박은 송송송 썰어서 소금 간을 한 다음 마늘과 참기름을 넣고 볶았습니다. 오늘 반찬은 호박볶음과 호박잎 그리고 양념장. 딱 세 가지입니다. 그래도 참 맛있습니다. 반찬을 만든 내가 대견하기도 하고요. 무엇보다도 오늘은 여러 가지 맛 중에서도 건강한 맛입니다.

죽음이 쌓여갑니다

거실에 앉아 유점토로 마스코트를 만들어보려고 조물거리고 있는데 유리창에 뭔가 부딪히는 소리가 둔탁하게 납니다. 어리둥절해서 밖을 내다보니 유리창 아래 산새 한 마리가 누워있습니다. 눈을 끔벅입니다. 나를 쳐다보는 것 같습니다. 다리를 몇 번 버지럭 거리더니 눈을 살며시 감습니다.

바보 같은 녀석!

난 그 녀석이 잠시 뒤에 정신을 차리고 날아갈 줄 알았습니다. 종종 그런 일이 있었으니까요. 밖에 나가 쓰다듬어 보려다가 그만뒀습니다. 유점토로 도깨비 마스코트를 만드는 게 더 중요했으니까요.

다 만들고 난 뒤에 창밖을 바라보니 비가 내리고 있습니다. 후딱 일어나 내다봤습니다. 그 바보 같은 녀석이 아직까지 일어나질 않았습니다. 홍덩한 빗물에도 꼼짝도 하지 않고 누워있습니다. 나하고 한 번 눈을 마주친 녀석, 밖에 나가 가느다란 새 다리를 잡아서 들어 올렸습니다. 멀찌감치 들고 가 풀숲에 던졌습니다. 작년에 뱀을 던졌던 곳이란 기억이 살아났습니다.

저 풀숲은 죽음에 대한 기억이 쌓여갈 모양입니다.

세상에서 가장 맛있는 자두

　작년부터 손을 대지 않았더니 올해는 작년의 배로 늘어났습니다. 풀이 온 산을 점령해가는 건 못 본 척할 수 있지만, 칡넝쿨이 감나무를 못살게 구는 건 도저히 그냥 넘어갈 수가 없습니다. 내 피와 땀이 서려 있으니까요. 높은 산 밤나무는 눈에 띄지 않으니 모른 척해버릴 수도 있지만 길가에 서 있는 감나무에 감긴 칡넝쿨은 내 몸을 감고 있는 듯 답답해집니다.

　낫을 들고 나섰습니다. 대단합니다. 풀은 이제 내 키에 육박합니다. 풀을 헤치고 감나무에 엉킨 칡넝쿨을 풀어냅니다. 힘찬 칡넝쿨과 키 큰 잡초는 온몸이 녹초가 되게 만들었습니다. 땀이 비 오듯 쏟아지면서 허기로 몸이 흔들리기 시작하는데 비가 내렸습니다. 비가 나를 살렸습니다. 비 핑계를 대고 집으로 돌아오다가 자두나무에서 자두를 하나 따냈습니다. 개중에 가장 잘 익었지만, 새가 먼저 쪼아놓은 자두입니다. 세상에서 가장 맛있는 자두입니다. 새도 먹었고, 나도 먹고, 먹다 보니 씨에 벌레도 들어있습니다. 셋이서 서로 먹겠다고 했던 자두를 결국엔 내가 먹었습니다. 힘이 버쩍 납니다. 마당 앞 의자에 앉아 바람을 쐬는데 땀에서도 풀 냄새가 납니다. 옷을 홀라당 벗어버리고 마당 옆 개울로 갑니다.

　어, 시원하다!

일냈습니다

일하기 좋은 날씨입니다. 하늘에 구름이 잔뜩 끼어 있지만, 낮에 잠깐 해가 나, 습한 기운도 많이 사라졌습니다. 한 손에 전정가위, 한 손엔 낫. 산업의 일꾼 포스터처럼 힘차게 나섰지요. 밤밭을 한 바퀴 돌아보자고 나선 것입니다.

가을이 풍성할 것 같습니다. 수확할 수 있을 만큼 주렁주렁 열렸습니다. 농약을 치지 않아 벌레가 반은 먹었겠지만 뿌듯했습니다. 바로 이게 농부의 마음인가? 풋밤을 까 오독, 오도독 씹는데 옛 생각이 났습니다.

초등학교 시절, 이맘때면 형을 따라서 동네 애들이랑 함께 밤서리를 하러 다녔습니다. 밤 밭 주인을 만나면 똥구녕이 빠지게 도망쳤지요. 그런데 지금 보니 내가 밤 밭 주인이 되어있습니다. 물론 이제 밤서리 다니는 아이들은 사라졌지만요.

일을 마치고 돌아오는 길가에 껑충하게 키가 큰 잡초를 향해 낫을 휘둘렀는데, 팔목이 뜨끔합니다. 팔목에서 피가 솟구칩니다. 그러니까 낫을 휘두르면서 반대편 손에 잡고 있는 전정가위에 팔목이 꼽힌 겁니다. 꼬-옥 누르고 있다가 놓아도, 놓아도, 피가 솟구칩니다. 그칠 것 같지 않습니다. 친구에게 전화를 했습니다. 친구는 없고 친구 동생만 있습니다. 지금 내가 운전을 못 할 것 같다고, 어쩌고저쩌고 설명을 간단

히 했는데 무면허랍니다. 하는 수 없지요, 전화를 끊고 여기저기 전화를 하고 있는데 고물 짐차가 바쁘게 올라왔습니다. 친구 동생입니다. 무면허에 몸을 맡기고 병원에 갔습니다. 세 바늘을 꿰맸습니다. 병원비가 십만 원 정도 나왔는데 정말 아까웠습니다. 10만 원어치 밤을 샀으면 일한 것보다 훨씬 많았을 텐데요. 우리 집 밤 밭은 실질적으로 멧돼지가 주인이니까요.

어쨌든 한꺼번에 두 가지 일을 하겠다고 나선 것부터 잘못입니다. 양손에 연장을 들 때부터 느꼈습니다, 위험할 것 같다고. 바깥일 할 때 가장 중요한 건 안전입니다. 잠시 방심하다 보면 문제가 생깁니다.

안 전 제 일!

거즈를 뜯어내고 상처를 보니까 깨끗합니다. 예쁘게 꿰매졌습니다.

취꽃이 피기 시작했습니다

파란 장화에 보라색 비옷을 입고 뒷산으로 올라갔습니다. 오랫동안 오르지 않은 길입니다. 오며 가며 낫질을 해서 깨 끗했던 길이었는데, 이름 모를 풀이 많이 우거졌습니다. 그래 도 길이 있습니다. 내가 다니지 않았더니 동물들이 길을 내놓 았나 봅니다. 여기저기에 동물들이 쉬었다 간 자리가 뭉개져 있습니다. 길가에는 동물 똥들이 수북, 수북 쌓여 있습니다.

돌아와 계곡에서 몸을 씻으려고 비옷을 벗었습니다. 느낌이 몰라보게 달라졌습니 다. 싸늘합니다. 온몸에 떨어지는 빗방울! 투투투투 빗방울 숫자만큼 감각이 일어섭 니다. 고개를 들어 얼굴로 빗방울을 한동안 받아내 봅니다. 벗은 채로 징검징검 집으로 들어가다, 취꽃을 한 움큼 꺾었습니다.

거실에 들어와 꽃병에 취꽃을 꽂았습니 다. 창밖을 보자 어둠이 성큼 다가와 있습니다. 어둠이 내린 만큼 풍경이 단순해졌습니다. 단순해진다는 건 엄숙해진다 는 건가 봅니다. 감히 움직일 수가 없습니다. 숨죽이고 창밖 을 바라봅니다.

취꽃, 향기가 흘러 다닙니다.

수확의 대가

산책을 나섰는데 가을입니다. 늙은 오이 두 개, 가지 두 개, 산새가 먹다 남겨둔 감 한 개, 벌레가 먹어서 홍시가 된 감 한 개를 수확했습니다. 그리고 밤밭에 들어가 보니 밤이 이미 다 떨어졌습니다. 멀리서 보기에는 푸르기에 밤이 늦되는가 보다 생각했는데 그게 아니었습니다. 어설픈 농사꾼의 모습이지요.

오늘은 아침 9시에 일어났으니까 나에게는 새벽입니다. 다섯 시에 잠자리에 들었으니 4시간 자고 일어난 것이지요. 본격적으로 밤을 주우러 산으로 올라갔습니다. 눈두덩이 띠앗

거렸지만 열심히 밤을 주웠습니다.

눈이 잘 떠지질 않습니다. 잠이 덜 깼기 때문이 아닙니다. 눈두덩이 띠앗거렸던 게 벌이었나 봅니다. 눈꺼풀 위쪽을 두 방 쏘였는데 독이 뺨으로 흘러내려 눈자위가 탱탱하게 부어 올랐습니다. 그래도 가을 하늘은 푸르렀습니다. 꽃잎 위에 내려앉은 이슬방울을 오랜만에 봤고요. 땡볕 아래에서 밤을 따고 줍고. 풀을 오랫동안 베질 않아서 생고생을 했습니다. 거의 보물찾기 수준이었지요.

올해 첫 수확을 비닐봉지에다 바리바리 쌓았습니다. 되는 대로 나눴는데, 먹는 사람들은 벌레까지 맛있게 먹었으면 싶습니다. 그런데 눈이 계속 부어오르기만 합니다. 거울에 비친 나를 보았는데 웃기게 생겼습니다. 눈이 거의 감겨 있습니다.

오늘도 한 가지 배웠습니다. 아무리 작은 눈을 가진 사람일지라도 보는 데는 불편이 없겠구나. 눈이 거의 사라져 버렸는데도 세상이 다 보입니다.

마당에서 세수를 할 겁니다

마디 관절이 아프고, 허리가 아프고, 온몸이 쑤시고 저립니다. 오늘 곡괭이질을 하고, 삽질을 하고, 정으로 시멘트를 쪼았기 때문입니다.

마당 옆으로 물이 흐릅니다. 깊숙이 물이 괴게 만들어놓았는데 아무짝에도 쓸모가 없습니다. 목욕을 하려 하면 흐래(논이나 연못 등의 바닥에 쌓인 고운 흙)가 일어나고, 세수를 하려면 깊이 몸을 숙여야 합니다. 부레옥잠이나 연을 띄우면 물이 차고 깨끗해서 잘 살지를 못합니다. 지난 겨울에는 산토끼가 빠져 죽은 적도 있습니다.

용도를 바꿔 보려 합니다. 발도 씻고, 양말이라도 쉽게 빨수 있도록 만들어보려고 합니다. 가장 중요한 목표는 세수입

니다. 지금은 20여 미터 떨어진 계곡까지 가야 하는데 마당에서 세수를 하고 싶습니다.

밥 먹고 시작하여 캄캄해질 때까지 시멘트를 버무리고 발랐습니다. 허리가 아파 일어났다 앉았다, 하늘 한 번 쳐다봤다 땅 봤다, 했습니다. 어둠이 내리면서 일이 끝났습니다. 이제 시멘트가 굳기만을 기다리면 됩니다. 바닥이 굳으면 흙을 채워 넣고 깊이를 낮출 예정입니다. 나 혼자서 1차 토목공사를? 끝냈다는 뿌듯함이 하늘을 찌릅니다. 어엿한 산업 역군이 된 날입니다.

보오람찬 하루해를 끝마치고서~ 군가를 불러봅니다.

나무를 하러 다닙니다

비가 내리고, 날이 차가워졌습니다. 겨울 채비를 해야 한다는 생각에 땔감을 구하러 산에 올랐습니다. 준비성이 없어서 고생을 사서 하는 겁니다. 얼마 전, 집에 들어가는 입구에다가 자치단체에서 나무 가꾸기 사업으로 베어놓은 나무가 많았는데, 내가 꾸물거리는 동안에 사람들이 모두 싣고 가 버렸습니다.

나는 어쩔 수 없이 톱을 들고 산으로 오릅니다. 바닥에 덜푸덕 앉아서 세월아 가거라, 톱질을 합니다. 들썩여진 가랑잎 틈새로 까만, 예쁜 돌멩이 같은 게 보입니다. 번데기입니다. 토실토실 반들반들 윤이 나는 녀석이 꿈틀댑니다. 이 다음 어떤 녀석이 될지 모를 일

이지만 만남이란 기쁜 겁니다. 물론 그 녀석은 나를 만난 게 그다지 유쾌하지 않았겠지만요. 겨울을 잘 넘기라고 난 다시 가랑잎으로 푹신하게 덮어 줬습니다. 우린 지금 같은 생각을 하고 있으니까요.

겨울을 잘 나보자!

호랑이 물어갈 여편네들!

새벽 5시에 잠을 청했고 새벽 6시, 우레와 함께 폭우가 쏟아졌습니다. 계곡에서 물을 끌어다 쓰기 때문에 물통으로 들어오는 물을 잠가야 했지만, 그냥 잤습니다. 아침 8시,

"누구 계세요?"

여인의 목소리와 함께 현관문이 열렸습니다. 눈을 비비며 나갔더니 한 무더기 아줌마들입니다. 추워서 비 좀 피해가겠다고 했습니다. 난 그냥 방으로 들어와 누워버렸습니다. 그런데 들랑날랑 시끌벅적했습니다. 도저히 잠을 잘 수가 없어서 밖으로 나갔더니 작업실에 진을 치고 있습니다. 그리고 얼마 뒤에 경찰들이 올라오자, 젊은 여자부터 늙은 여자들은 모두 뒷산으로 바삐 올라갔습니다. 경찰들 말인즉 앞산 너머에 식당이 하나 있는데 그곳에서 혼성으로 50여 명이 고스톱을 치고 있는 걸 급습했다는 겁니다. 일부는 잡았고 일부는 도망을 쳤다고 합니다. 그것이 새벽 5시였으니까, 그 여편네들이 천둥번개 치는 빗속을 뚫고 앞산을 넘어온 겁니다. 오늘 따라 바람도 엄청 불었습니다. 동네에서 신발을 훔쳐 신고 도망쳤다는 그네들은 뒷산으로 도망칠 때 슬리퍼를 신고 오르는 여편네도 있었습니다. 신발을 못 훔친 여편네였겠죠. 우리 집에도 흔적이 남았습니다. 양말이랑 슬리퍼들이 버려

져 있습니다. 그러고 보니 내 신발도 없어졌습니다. 튼튼한 신발로 바꿔 신은 겁니다. 어쨌든 난 잠을 한숨도 못 잤습니다. 그 뒤로도 경찰들이 차를 타고 왔다 갔다 했으니까요.

오늘밤, 또 나타날까 불안합니다. '난 공산당이 싫어요!' 무장공비 생각이 났습니다.

발자국 따라가기

가을이 깊어지니 산책을 자주 하게 됩니다. 강물이 으스스
합니다. 나룻배에 올라타 봤습니다. 나룻배 옆 좁은 모래톱
에 날카로운 발톱 자국이 나 있습니다. 발자국을 따라가기로
했습니다. 사람들 흔적이 없는 원시의 모습 그대로인 곳으로
안내를 했습니다. 몇 천 년 동안 강물에 씻겼을 바위들이 물
결 모양으로 닳아 부드럽습니다. 도깨비살 가까이에 있던 오
리 떼 중에서 두 마리가 꽉꽉 거리며 간격을 두고 울어댔습니
다. 수상한 사람이 출현했다고 경계경보를 내리는 것이겠지
요. 난 조금만 더 가까이 다가가기로 했습니다. 몇 발자국 더
나가지도 못했는데 오리 떼들을 모조리 쫓아버린 꼴이 되고
말았습니다. 놀빛으로 물들어 가기 시작한, 달콤하게 익은
놀빛 하늘을 오리 떼들이 빙 잡아 돌았습니다. 난 한참 동안
놀빛 하늘을 쳐다봤습니다. 내 얼굴도 놀빛 얼굴이 되어있을
겁니다.

냄비밥의 멋

전기밥통이 고장났습니다. 이리저리 살펴봐도 개 꼬막 보기입니다. 잠시 어떻게 밥해 먹지? 생각했습니다. 초등학교 6학년 때부터 밥해 먹던 자취 실력인데, 나의 능력을 깜빡했습니다. 그때는 곤로에다 냄비밥을 했습니다. 지금도 마찬가지지만 난 그때도 반드시 밥 먹기 바로 전에 밥을 안쳤습니다. 학교 가는 시간에 쫓기더라도 아침밥은 꼭 아침에 해 먹었습니다. 그때나 지금이나 혼자 먹는 밥은 뜨거운 맛으로 먹어야 하는 거니까요.

곤로 대신 가스렌인지에 밥을 안쳤습니다. 어느 정도 기다려야 밥이 되는 줄, 감이 사라져버렸기에 책 한 권 들고 가스레인지 앞에 앉았습니다. 냄비에서 밥이 금시 끓어 넘칩니다. 밥 상태를 보며 물을 조금 더 넣었습니다. 이 정도면 됐다 싶었을 때, 가스 불을 작게 줄이고 잠시 뜸을 들였지요. 어떤 일이든 뜸을 잘 들여야만 무르익는 법입니다. 별 거 아닌 듯싶어도 고수와 하수의 차이는 바로 뜸에서 나오는 법이죠. 밥이 흡족하게 잘 됐습니다. 냄비 바닥에 놀작하게 누른 누룽지, 이게 바로 냄비밥의 진수입니다.

오랜만에 숟가락 짧게 잡고 냄비 바닥을 긁습니다.

숭늉도 끓여낼 거고요.

풍경

비가 내립니다.
나뭇잎이 다 떨어져버린 가지에
물방울이 방울방울 매달립니다.
솔숲으로 빗소리는 쏴아 스며들고
라디오에서 흘러나오는 뽕짝
첩첩이 둘러친 산
풍경이 한 행씩 새겨 읽어야 할
시가 됩니다.

오늘은 전파가 좋은 날

유선 전화가 없습니다. 손전화기는 있는 듯 없는 듯합니다. 전화기를 반경 1평방미터 안에 놔둬야 하니까요. 창문 구석 부분이지요. 만일 그곳을 조금이라도 비켜서면 통화불능 지역이 되고 맙니다. 물론 늘 그렇지만은 않습니다. 어떤 날은 아예 통화권에서 벗어나게 돼버린 날도 있고, 또 어떤 날은 방 전체가 통화 가능권이 되는 날도 있습니다.

연구를 해봤습니다. 비가 실실 오는 날, 햇빛이 오지게 좋은 날, 우레가 요란한 날, 안개가 잔뜩 낀 날. 그런데 어떤 날과도 연관성이 없었습니다. 전파란 녀석은 제 기분에 따라 제 마음대로였습니다. 손전화의 액정 안테나에 막대 표시가 잡히지 않으면 당연히 통화가 되지 않습니다. 막대 표시가 한 개 잡히면 누구에게 전화가 왔는지 정도 알 수 있습니다. 통화 중에 끊기거나 아님 상대방이 화가 나서 끊게 됩니다. 막대 표시가 두 개 잡히면 통화가 가능합니다. 보편적으로 상태가 좋은 날에 두 개가 잡혀 있습니다. 그렇지만 질은 다릅니다. 반경 1평방미터 안에서만 가능하는가, 아님 방 전체에서 가능하는가로 말입니다. 방안을 돌아다니며 통화할 수 있는 경우는 아주 가끔 있는 일입니다. 그런데 오늘은 대단한 날이었습니다. 막대그래프가 세 개나 잡혔습니다. 오늘은 전파가 무척이나 기분이 좋았나 봅니다. 나도 덩달아 기분이 좋아졌습니다. 기분이 좋으니 글이 써집니다.

　그래서 오늘은 특별히 손전화를 꺼뒀습니다.

라디오도 지글거립니다

이곳은 유선 전화기도 없지만, 텔레비전도 없습니다. 텔레비전도 담배처럼 끊기가 힘든 거지요. 하지만 담배처럼 텔레비전도 없으면 어쩔 수 없는 것입니다. 이젠 텔레비전은 아예 생각나지도 않습니다. 그런데 말이죠, 사람이란 참! 전혀 듣지 않던 라디오를 애청하고 있습니다. 음악을 듣겠다고 무척이나 노력해서 오디오를 몇 대 주워왔습니다. 한 대는 방에, 한 대는 작업실에, 그리고 또 한 대는 친구를 줬습니다. 언젠가부터 나도 모르게 오디오를 오디오로 쓰고 있는 것이 아니

라 라디오로 쓰고 있습니다. 주로 FM음악방송과 뉴스를 듣고 있습니다. 뉴스 이야기가 나와서 말인데요, 딱 사흘만 뉴스를 듣지 않으면 세상이 변해버렸다는 걸 느낄 수 있습니다. 내가 이렇게 가속도가 붙어있는 선상에 탑승해 있구나, 느낄 때가 있습니다. 세상과 단 사흘만 단절시켜 보면 누구나 이 세상을 다시 한 번 뒤돌아볼 수 있는 기회를 가질 겁니다.

그건 그렇고, 요즈음 얼마 동안 이상합니다. 라디오 전파가 이상해져 버렸습니다. 전파들이 마실을 나갔는지 도저히 음악 방송은 들을 수가 없고, 뉴스만 들을 수 있을 정도입니다. 사이클을 이리저리 만지작거리다가 그만뒀는데 실은 난 기계치이기 때문에 내가 만진다고 달라질 것은 하나도 없습니다.

오늘은 라디오 음악 방송이 제법 잘 나옵니다. 내가 오디오 앞에 서면 잘 나오고 멀리 떨어지면 지글거립니다. 오디오 앞에 앉아 음악을 듣습니다. 오디오 넘어 창으로 보이는 팽나무에는 이제 나뭇잎이 한 쪼가리도 남아 있질 않습니다. 우중충한 날씨, 먼 산을 바라봅니다. 바람에 솔숲이 수런거립니다. 음악이 절묘하게 내 기분과 맞아떨어질 때도 있지만 라디오는 내 기분을 헤아려주지는 않습니다.

뽕짝으로 흥겹습니다.

하늘을 한 바퀴 도는 시간

해가 뜨는 곳에서 다시 해가 뜨는 곳까지 한 바퀴 빙 돌면 한나절이 걸립니다. 도시락 싸들고 느지막이 해찰을 피우며 올랐다가 밥 먹고 내려오면 되는 시간입니다. 그러니까 우리 집에서 올려다 보이는 하늘을 한 바퀴 도는 데 걸리는 시간을 말합니다. 하지만 난 혼자서 그 산을 한 바퀴 돌 수 없습니다. 산을 올라갈 때마다 길을 헤매야 하는, 우둔한 방향감각을 가지고 태어났기 때문입니다. 그러므로 성공을 하려면 친구를 대동하고 산행을 해야만 합니다. 언젠가는 강이를 데리고 올라가 본 적도 있는데, 강이가 길을 가르쳐주진 않았습니다. 조만간에 혼자서 도전장을 내보려 합니다.

산길을 걷다보면 산등성이들이 이리저리 가지를 쳐 놓았습니다. 오르락내리락 걷다 보면 어김없이 다른 길로 들어서 있습니다. 그때부터 조건 없이 계곡을 따라 내려가야 합니다. 그래도 다행인 게 내려가다 보면 섬진강에 닿기에 크게 걱정하지 않습니다. 다만 한 시간짜리 산행이 한나절이 되고, 두 시간짜리 산행이 두 나절이 된다는 겁니다. 올 겨울 목표입니다. 우리 집에서 보이는 하늘을 한 바퀴 도는 산길에다 나만 알아볼 수 있는 표식을 해놓는 것입니다. 그게 가능할지 모르지만요.

낭만적으로 오줌 누기

마당에 나가 오줌 누는 걸 좋아합니다. 특히 밤하늘을 바라보며 오줌을 누는 건 낭만적입니다. 오줌을 누면서 별자리를 찾아봅니다. 오리온, 샛별, 백조자리들이 나를 반깁니다. 그러니 웬만큼 추워도 밖으로 나갑니다. 추울수록 별이 더 빤짝이니까요.

오늘도 흙작업 시작하기 전에
마당에 나가 하늘을 바라보며 오줌을 눕니다.
오리온 별자리가 동쪽 산에 걸쳐 있었습니다.

흙작업을 마치고
다시 마당에 나와 오줌을 누는데
오리온 별자리가 서산으로 기울었습니다.

추위를 이겨내는 법

사람들이 산이라 춥지 않느냐고 물어오면 겨울에는 추워야 하는 거라고 갖은 폼을 잡아보지만, 산속이 훨씬 춥습니다. 오살나게 춥습니다.

추위를 이기는 방법은 여러 가지가 있습니다. 명료하게 땔감이 많으면 되지요. 하지만 몸을 부려야하는 일입니다. 보일러를 쉴 새 없이 돌리는 방법도 있습니다. 이것은 돈이 많이 들어갑니다. 그냥 꾹 참는 것도 방법이지요. 하지만 이것은 너무 원시적이고요. 옷을 많이 입는 것, 이게 가장 손쉽고 현실적인 방법이지만 산속의 겨울을 진정으로 이겨낼 수 있는 방법이란 없다고 보면 됩니다.

그나마 밖에서 추위를 이기는 나만의 비결이 하나 있긴 있습니다. 조금은 촐싹거려야 하기에, 남의 눈치를 보지 않을 장소에서만 가능합니다. 방에서 나가가면서부터 앞뒤 없이 큰소리로 외치는 겁니다.

우--와--- 춥다, 춰!

잔뜩 웅크린 채 껑충껑충 뛰어다니는 겁니다. 그렇게 돌아다니다 보면 추위가 시끄러워서 자리를 피해버리거나 어이가 없어서 자신이 춥다는 걸 깜빡 잊어버리는 경우도 있습니다.

와아 춥다아, 춰어!

방에 앉아서 내리는 눈 구경하기

아침에 일어나자마자 커튼을 걷었습니다. 어젯밤 함박눈이 펑펑 내렸거든요. 눈이 엄청 쌓여서 며칠 동안은 산에 갇힐 거라 예상을 했는데, 햇볕으로 모두 녹아버렸습니다. 천재지 변인 조난을 당하지 못해 아쉬운 맘이 듭니다. 눈으로 길이 막히면 세상일과도 막히면서 맘이 편해지거든요.

커튼에 살짝, 집게로 집어놓고 그 틈으로 바깥풍경을 바라봅니다. 눈송이마다 몸을 뒤척이며 햇볕을 골고루 쬡니다.

좌선 중이던 스님은 머리에 눈을 한아름 이고 있습니다. 돌탑은 틈새까지 눈이 가득 들어찼고요. 시석들도 편편마다 눈 한 덩이씩 머리에 이고 있습니다. 이불을 뒤집어쓰고 바라보는 저 풍경들, 참 평화롭습니다.

내 방에도 깊숙하게 든 햇볕으로 따듯합니다. 하~.

내가 조선시대 문인이었다면

아침에 일어나면

커튼을 젖히고.

밥솥의 버튼을 누르고.

벽에 기대앉아 밖을 바라봅니다.

눈이 내립니다.

눈곱 떼어내고 책을 읽습니다.

조선시대의 가난한 문인이 쓴 소원 글입니다.

사립문 있는 초가에서 농사짓고, 차 마시는 여유와 글 쓰는 일상을 누리고 싶답니다.

밥통에서 밥이 다 되었다는 신호음이 울립니다. 밥을 차렸습니다. 밥 먹을 때는 항상 그렇지만 라디오를 켭니다. FM 음악방송에서 사람 소리 많이 나는 쪽으로 돌립니다. 혼자 먹는 밥이 아닌 것처럼 인해전술을 쓰는 것이지요. 동치미 무를 입에 넣고 씹는 소리가 아삭, 큰소리로 들립니다. 창밖 먼 산을 바라보며 밥을 먹습니다.

커피를 끓여와 앉은뱅이책상 앞에 앉았습니다. 가까운 곳에 내리는 눈을 바라봅니다. 눈송이마다 제각각입니다. 치

솟는 놈, 뒤척이는 놈, 이리저리 해찰을 부리는 놈. 멀리 바라봅니다. 멀리 바라보는 눈송이들은 어김없이 같은 방향입니다. 눈바람을 헤치고 이쪽 산에서 저쪽 산으로 새떼, 날아갑니다.

조선시대 가난한 문인의 소원을 나는 이미 다 이뤘습니다.

깔끔해지고 싶습니다

며칠째 이어진 한파로 집으로 들어오는 수돗물이 얼었습니다. 자연 수압을 이용해서 계곡물을 집으로 들였기에 물을 물 쓰듯 했지요. 방에서 물소리가 듣고 싶으면 수도꼭지를 틀어놓으면 그만이었습니다. 그런데 순식간에 물이 귀해졌습니다. 골짝에서 물을 길어다가 써야 합니다. 보일러로 물이 들어오지 않으니 따뜻한 물도 없어졌습니다. 세수도, 설거지도, 화장실도, 모든 것이 불편해졌습니다. 첫 날은 세수를 하지 않았습니다. 그게 말입니다, 언제부터였는지, 수도꼭지에서 따뜻한 물이 나오지 않는다고 세수를 하지 않게 된 나를 만났습니다. 물을 데워서 쓰면 되는데, 물을 길어오면 되는데……

며칠 동안 이렇게 살다 보니 어느새 물을 아껴 쓰는 게 몸에 뱁니다. 라면 한 개 끓이는 물이면 세수를 하고 이빨을 닦습니다. 쌀뜨물로 설거지를 합니다. 그런데 물을 가스 불 위에 올려놓았단 걸 깜박 잊고 있다가 물이 뜨거워져 버렸습니다. 찬물을 섞다 보니까 세숫대야로 가득 찼습니다. 물이 아까워 머리까지 감고 말았습니다. 오랜만에 감은 머리, 개운합니다. 날이 빨리 풀려, 깔끔해지고 싶습니다.

시간 감옥에서 시간 여행으로

오랜만에 온 애들과 산에 올랐습니다. 큰 녀석은 산에 오르는 걸 좋아하는데 작은 녀석은 그렇질 못합니다. 오르기 시작하자마자 꼭대기까지 가려면 얼마나 남았냐며 볼이 부은 소리를 해댑니다. 오를수록 첩첩이 둘러쳐진 산이 눈 아래에 놓입니다. 산 중턱쯤, 겹겹이 쟁여진 산을 바라보며 앉았습니다.

"애들아, 지금부터 10분간 말없이 앉아있는 거다."

쫄쫄 흐르는 물소리, 바람소리, 새 소리. 5분이나 지났을까…… 작은 녀석이 참지 못하고 말을 했습니다. 하기야, 애들에게는 시간감옥이었겠지요. 중간에 말을 해버렸으니 다시 10분. 아마 이런 시간은 처음일 것 같습니다. 애들은 해찰도 부리고, 먼 산도 바라보고…….

물어보았습니다. 무슨 생각을 했냐고. 작은 녀석은 엄마 생각했고, 큰 녀석은 도사가 된 생각을 했답니다. 기회가 주어진다면 침묵의 시간을 점점 늘려보고 싶습니다. 어쩌면 시간감옥에서 시간여행으로 변하는 소중한 기회가 될 지도 모르니까요.

그들은 분명 외로운 거다

작업실에서 작업을 하고 있는데 바람이 올라옵니다. 쏴-아. 솔가지를 훑고 오르는 소리가 가까워집니다. 작업을 멈추고 기다립니다. 덜커덩. 창문을 흔들고 뒷산으로 올라갑니다. 쏴-아. 혼자 있다 보면 막 지저귀고 싶을 때가 있습니다. 밥 먹다가도, 누워있다가도, 뒷간에 앉아있다가도, 오늘처럼 작업을 하다가도 조잘조잘 지저귀고 싶을 때가 있습니다.

난 지금 지저귑니다, 조잘조잘. 난 압니다. 산새들이, 산짐승들이 지저귀는 까닭을. 그들은 분명 외로워서 지저귀고 있는 겁니다.

지난 삼 일간 끝없이 눈이 내렸습니다. 중얼중얼 쫑알쫑알 시시콜콜 먼 산에서, 먼 하늘에서 한없이 내렸습니다. 수돗물이 얼었다가 풀렸다가, 별이 총총했다가 눈이 날렸다가.

새벽 세시, 마당에 나가니 눈이 펑펑 내리고 있습니다. 별이 총총한데 내리는 눈, 마른 목수국 꽃대에 눈이 쌓여 눈꽃이 피었습니다. 먼 산까지 환한 밤, 마당에다 오줌으로 나무를 그립니다. 잘 그렸습니다. 꿀꿀했던 하루가 좀 풀렸습니다.

공교로운 일이 아닙니다

올 겨울은 일하기가 싫어 땔감을 별로 해놓질 않았습니다. 추우면 옷을 할 벌 더 껴입는 걸로 해결해왔는데, 그래도 많이 추운 날은 나무를 땠습니다. 그렇게 때다 보니 헛간은 텅텅 비고, 결국 춥고 눈 오는 날 나무를 하게 되었습니다. 나무가 축축해서 딱 하루 땔 양만 했습니다. 사는 일이 모름지기 이렇습니다. 항상 공교롭다고 말하지만, 실은 당연한 일입니다. 꾀를 부리지 않은 재작년에는 이런 일이 없었으니까요. 이번 주에는 땔감을 준비하는 주일로 하려는데, 날이 풀려버

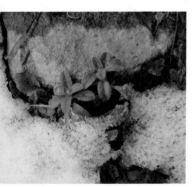

리면 화가 날까요?

손가락이 아직까지 아픕니다. 몽당연필을 손가락에다 대놓고 붕대로 꽁꽁 묶어놓았습니다.

제기랄! 손가락.

두툼하게 옷을 껴입고 장갑 끼고 빵모자까지 둘러쓰고 숲에 들어갔습니다. 가지마다 꽃눈과 싹눈에 눈이 소복하게 쌓여 있는 걸 언제 구경할 수 있겠습니까. 호호 입김을 불어 꽃눈과 싹눈에 쌓인 눈을 녹여주고 다닙니다.

노동이 시작되는 계절

드디어 일하는 계절이 돌아왔습니다. 나무에 거름을 주기 위해 산으로 지어 올렸습니다. 올해는 반반 작전입니다. 그러니까 반이라도 살려보겠다는 작전입니다. 아무나 농사를 짓나요? 거름기 없는 맨땅이기도 하지만 심어 놓은 나무가 거의 죽어가고 있습니다. 거기에다 농약도 써보지 않겠다고 했으니 나무가 힘을 못 받을 수밖에요. 사실은 일하기 싫은 이유가 더 크기도 합니다.

오랜만에 노동답게 노동을 했습니다. 손가락이 부르트고, 허리 어깨 다리 할 것 없이 쑤시고 아픕니다. 언제쯤이나 노동이 몸에 밸지요. 일을 할수록 일이 무서워지니 평생 일해도 노동이 익숙해지진 않을 것 같습니다. 점심 먹고 시작한 일을 어둠이 내릴 때까지 했습니다. 그런데 일의 진척은 지지부진하고, 다리는 후들후들 떨리네요.

전기밥솥 스위치를 누르고 샤워를 하고 나오니 캄캄해졌습니다. 오늘 하루가 이렇게 갔습니다. 몸이 피곤하니, 모든 것이 귀찮아집니다. 너무 힘들면 잠도 잘 오지 않던데, 오늘 밤도 그럴 거 같습니다.

햇살을 밥상 위에 올려놓고

나는 애당초 사회성이 없는 인간인 줄 알았습니다. 헌데 나도 사회성이 농후한, 외로움을 많이 타는 인간이란 걸 산에서 생활하면서 알았습니다.

오디오가 고장 났습니다. 방에 앉으면 소리가 없어지는 경우가 종종 있습니다. 창문 틈으로 물 흐르는 소리까지 딱 끊기는 경우가 있다는 겁니다. 완벽한 적막! 특별한 일이 없을 땐 FM라디오 음악을 틀어놓고 있습니다. 음악 감상이라기보다는 버릇이지요. 그랬기에 늘 음악과 함께 있었다는 생각을 못 했습니다. 있을 때 잘하라는 말이 바로 이런 때를 두고 하는 겁니다. 음악이 없으니 이리 허전할 수가 없습니다. 옷을 벗고 있는 듯한 허전함. 담배를 끊었을 때의 금단증상. 밥상을 차리면서 오디오를 쳐다봅니다. 난 그랬습니다. 밥을 먹을 때만은 라디오에서 사람 음성이 나오는 곳을 찾아 틀었습니다. 밥상 앞에 라디오 목소리를 앉혀놓고 밥을 먹었습니다. 라디오에서 허튼소리를 하면 같이 따라 웃다가, 머쓱해지면서 밥을 먹었습니다. 그런데 지금 오디오가 고장 났습니다.

밥상을 창 앞으로 옮겼습니다. 햇살이 밥상 위에 올라앉았습니다. 오늘은 햇살이랑 밥을 먹습니다. 아삭, 아삭. 김치 씹히는 소리가 조금은 쓸쓸하게 들립니다.

싹둑!

전정가위를 들고 감밭으로 나섰습니다. 작년에 내 팔목 속을 들어갔다 나온 놈. 지금도 내 팔목에 선명한 흉터를 남겨놓은 가위입니다. 이번에는 한꺼번에 두 가지 일은 하지 않겠다고 맘먹고 전정가위만 들고 나섰습니다.

감나무 가지를 자릅니다. 나의 농사 실력으로는 남들처럼 나무를 실하게 키울 자신이 없어서 몇 가지만 남겨놓고 다 자르리라, 생각했는데 그게 맘처럼 쉽지 않습니다. 더욱이 난 전정을 배워본 적이 없습니다. 남의 집 과수원에서 전정되어 있는 나무만 몇 번 봤지요. 바로 그 실력으로 전정을 하고 다닙니다. 가장 어려운 건, 힘차게 솟은 우듬지(나무의 꼭대기 줄기)를 잘라내는 것입니다. 그러니까 나무에서 가장 굵고 키가 큰 가지를 자르는 겁니다. 그 까닭은……. 인간들의 입장에서 나무의 키를 억제시켜 몽땅하게 키우기 위해서입니다. 훗날 열매를 쉽게 따기 위해서죠.

이걸 잘라? 저걸 잘라? 전정질이 왜 이리 더딘지. 나무는 가지를 힘들게 키워놓았을 텐데요. 썩은 나뭇가지나 삐뚜름하게 자란 가지를 치는 건 어렵지 않으나 우듬지로 향한 굵게 자란 나뭇가지를 쳐내는 건 자꾸 망설여집니다.

어떤 일이든 버린다는 건 그리 쉽질 않습니다. 글 쓰는 일

과도 별반 다르지 않습니다. 꽤 멋진 구절이더라도 과감히 버려야 할 때가 있습니다. 그러고 보니 조각할 때도 그렇습니다. 생략할 때는 생략해야 합니다. 사는 일이란 버리는 일인가 봅니다.

허걱! 버리다 보니, 버리는 일도 신이 납니다. 내가 잘하고 있는지도 모르면서 싹둑싹둑 모두 잘라냅니다. 휘헝하니 자르고 난 뒤에도 더 자를 것이 없나 이리저리 살펴봅니다.

싹둑! 세상일, 이렇게 잘 알지도 못하면서 가위질을 할 때도 있었겠지요. 오늘은 전정질을 하면서 맘이 여러 번 오싹해졌습니다.

손님 접대용 감

일 년이면 몇 번 쓰지 않은 쇠스랑을 들고 나섰습니다. 재
작년부터 모았던 음식찌꺼기와 풀과 내 똥을 주위 감나무들
에게 나눠주려는 겁니다. 모아놓은 음식찌꺼기와 풀과 똥은
산바람과 햇볕과 잘 버무려져 잘 익었습니다. 그러니까 감나
무에서 내 똥이 열리게 되는 거겠지요. 어감은 조금 그렇지만
진짜 맛있는 감이 열릴 겁니다.

귀한 손님한테만 내놓고 흐뭇하게 바라볼 참입니다.

모두 고라니 탓입니다

친구가 열심히 밭을 일구고 있습니다. 봄이니까요. 상추도 심고 고추도 심습니다. 그런데 친구네 밭이 고라니 발자국으로 엉망이 되어있습니다. 파만 빼고 고라니들이 모조리 뜯어 먹어 버렸습니다. 그 맛있는 봄동, 겉절이를 고라니가 다 먹어버리고 친구는 입맛도 못 다셨다고 합니다. 실은, 나는 입맛을 다셨습니다. 산책을 하면서 이파리를 하나씩 뜯어먹었으니까요.

요즈음 부쩍 고라니들이 늘어난 것 같습니다. 우리 집 마당에도 고라니 발자국 투성입니다. 난 지금 엉큼한 생각을 하고 있습니다. 모두 고라니 탓으로 돌려놓고, 밭일을 하지 말까, 계산 중에 있습니다. 농사일에 재주가 없는 것인지 해마다 밭을 일궜지만, 수확은 하는 둥 마는 둥이었습니다. 우리집 들목에 있는 친구네 밭, 친구는 나에게 고추든 뭐든 그냥 따다 먹으라고 합니다.

올해는 정말로 눈곱만치만 밭을 일궈봐? 말아?

봄바람기를 삭이는 법

내 마음이 이리 흔들리는 건 모두 명자꽃 때문입니다. 거실 앞마당에 피어 있는 꽃, 며느리가 이른 봄에 이쁘게 핀 꽃을 보면 바람난다고 울 안에다는 심지 않았다는 명자꽃, 하양 다홍 빨강 꽃들이 가시를 세운 줄기 사이로 다소곳이 피어 있습니다. 덧없이 나른한 오후, 내가 먼저 바람나겠습니다.

숲에 듭니다. 우울할 때도, 기쁨에 벅차오를 때도, 오늘처럼 마음이 흔들릴 때 숲에 듭니다. 부엽토를 들썩여 보거나, 고개를 수그리고 피어난 춘란 꽃봉오리를 만나거나, 습지에서 밀려든 이끼 냄새에 순간, 평온해지고 말지요.

숲길을 걸으며 쌉싸래한 여린 취 잎을 따먹습니다. 통통한 찔레 순을 톡, 꺾어 껍질을 벗겨 아삭아삭 씹습니다. 하, 싱그러운 향기! 일어났던 봄바람기가 말끔하게 순해집니다. 해마다 이런 일을 반복할 수 있다니,

흥, 흥흥 콧노래가 절로 나옵니다.

아끼면 똥 된다

산 아래에 밭일 때문에 가끔 우리 집에 올라오는 아저씨가 있습니다.

"뭐 해?"

삽 하나 들고 작업실을 기웃거립니다. 감나무를 접붙이려고 돌감나무를 찾으러 다니는데, 개똥도 쓰려고 보니 귀하답니다. 뒤적거리다가 비닐봉지 있으면 하나 달라고 합니다. 비닐봉지쯤이야, 의심을 했어야 했습니다. 집 옆으로 돌아가더니 완전히 취밭이네! 하며 취를 꺾어냈습니다. 거짓말 하나도 안 보태고 1분도 못 되어서 고사리와 취나물을 비닐 가득 담았습니다. 그러니까 우리 집에 온 것은 취나물과 고사리를 꺾으러 온 것입니다. 사람을 믿지 못하면 안 된다고요? 정황이 확실합니다. 취를 보지도 않았는데 비닐봉지를 달라고 했고, 봉지를 받아선 취밭으로 바로 갔으니까요. 그런데 그 취밭은 일부러 캐지 않는 취밭입니다. 가을에 피는 꽃 중에서 내가 많이 좋아하는 꽃이니까요. 난 아저씨가 취를 꺾고 있는 상황에서 어쩔 줄 몰라 하고만 있었습니다. 꺾지마라 하기에는 너무 쪼잔해 보일 것 같고, 꽃 보려고 놔둔 거라고 하기에는 어쩐지 쑥스럽고요. 그냥 그에게 말했습니다.

저쪽으로 올라가면 돌감나무 한 그루 있던데…….

하지만 생각해보니 누가 캐가도 캐갈 취였습니다. 요즈음 산나물과 고사리 꺾으러 다니는 사람들이 많습니다. 내년부 턴 아끼지 말고 그냥 먹기로 했습니다. 옛사람들의 말이 하 나도 틀린 게 없습니다.

아끼면 똥 된다!

도마뱀 탓입니다

요즈음 너무너무 바빠서 정신도 없고 이런저런 별일이 많습니다. 오늘은 아침 일찍 일어나 양복까지 입고 회의에 참여해야 합니다.

이른 아침, 운전하고 나오는데 풀숲이 흔들리는 걸 보고 그냥 지나칠 수가 없었습니다. 차를 세우고 살펴보니 꺼병이들입니다. 차에서 내리니, 어미로 보이는 까투리가 펄쩍 펄쩍 뛰어오릅니다. 이제 막 깨어난 듯 조막만한 꺼병이들을 데리고 나왔다가 큰 차를 만났으니, 다급했던 겁니다. 꺼병이들이 흩어지면서 주위 풀숲으로 몸을 숨겼습니다. 나도 풀숲을 헤치며 꺼병이 뒤를 쫓았습니다. 그런데 짙은 곤색 양복을 입고 있었다는 걸 깜빡했습니다. 양복에 꽃가루와 풀씨들로 범벅이 되어버렸습니다. 10분 정도 빨리 나섰는데 풀씨와 꽃가루를 털어내느라 10분을 허비했습니다. 다시 운전을 하는데, 이젠 하얀 시멘트길 가운데로 새끼 도마뱀이 달려 나왔습니다. 다시 차를 세우고 도마뱀을 따라갔습니다. 그렇게 해찰을 부리다가 갔으니 늦을 수밖에요. 사무실로 들어서며 다른 사람들 눈치도 보이고, 미안했습니다. 그렇다고 꺼병이와 도마뱀 탓이라고 말할 순 없는 일이었습니다.

도깨비살, 머리말을 썼습니다

비가 내립니다. 장화를 신고 우산을 쓰고 도깨비살로 산책을 나갑니다. 골짝에 고여 있던 때죽나무 꽃향기가 일렁이며 따라옵니다. 뭉클뭉클 피어오른 안개로 푸르른 산이 가려졌다, 나타났다 합니다. 찰박찰박 발장난도 하고, 빨갛게 익은 산딸기도 따 먹으며 골짝을 내려서면 섬진강이 나옵니다. 꾸불텅한 섬진강, 범나루 앞에 도깨비대장이 떡 버티고 서 있습니다. 우산을 어깨 뒤로 젖히고 도깨비대장을 쳐다봅니다. 웃음 띤 얼굴로 나를 반겨줍니다.

"안 춥냐?"

말없이 웃고 서 있습니다. 불룩 튀어나온 배를 툭 쳐보고, 콧구멍도 톡 건드려봅니다. 곧 웃음을 쏟아내려는 듯 콧방울

이 벌렁거립니다. 하지만 항상 꾹 참아내고 맙니다.

나룻터 주위로 하양 찔레꽃이 만발해 있습니다. 굵어진 빗방울로 강물이 까칠해졌습니다. 물고기들은 더 신났는지 물위로 폴짝폴짝 뛰어오릅니다. 도깨비 어깨 너머로 눈빛을 멀리하면 하얗게 물거품이 이는 곳이 있습니다. 강물이 가로막혀 여울진 곳입니다. 바로 도깨비살이지요. 마천목 장군이 도깨비를 부려 쌓았다는 살뿌리입니다.

"어때! 요즈음, 예전처럼 심심하진 않지? 도깨비조각도 생기고 동화책도 만들어졌고."

"……."

"힘써 본지 오래되어서 몸이 근질근질하냐?"

"……."

난 끊임없이 도깨비대장에게 말을 건넵니다. 도깨비가 내 말에 귀를 기울이고 있다는 건 분명합니다. 그 증거는 한두 가지가 아닙니다. 내가 도깨비대장을 조각할 때 제 모습을 보여준 것, 도깨비대장 돌을 줍게 해준 것, 물새를 내 손에 올려준 것, 그뿐만 아닙니다. 이젠 스스로 힘까지 쓸 모양입니다. 이 곳에다 도깨비마을 그리고 동화박물관까지 만들겠다고 들고 나섰습니다. 내 말을 믿든 말든 듣는 사람 맘이지만 난 분명히 도깨비가 조화를 부리고 있다고 믿습니다. 그래서 목표를 세웠습니다. 이곳을 도깨비들과 어린이들이 신나게 한 판 놀 수 있는 곳으로 만들어 놓을 것입니다.

산은 잠시도 가만히 있지를 않습니다

누군가 나에게 말했습니다. 난 이런 곳에선 하루도 못산다고, 답답해서 어떻게 사느냐고. 그럴 수도 있겠습니다. 둘러친 산이 겹겹이니 갇혔다고 생각하면 무척이나 답답할 것 같습니다. 빙- 둘러봅니다. 참 아늑합니다. 그런 걸 개인차이라고 하나 봅니다. 세상이란 이렇듯 다양한 사람들이 모여 살아서 재미지나 봅니다. 물론 서로가 서로를 인정해주고 배려해줄 때를 말합니다.

나는 산속 생활을 답답하게 생각하는 사람을 좋아합니다. 산속에서 함께 놀아보자고 투정을 절대 부리지 않을 사람이니까요. 그가 답답하게 생각하는 이유 중에 가장 큰 것은 심심할 거란 겁니다. 다시 말해 모든 것이 정지되어 있다는 것입니다. 산을 울타리로 봤으니 그럴 수밖에 없습니다. 산은 한시도 가만히 있지 않다는 걸 모르기 때문입니다.

그건 그렇고 올해는 꽤 과일들이 달렸습니다. 아마도 자급자족은 하지 않을까 생각합니다. 물론 벌레들이나 산새들이 다 먹지 않고 남겨놓았을 경우를 말하는 겁니다. 엄지손톱만한 자두가 푸른빛을 띠고 있습니다. 복숭아도, 배도 그렇고요. 땡글땡글한 앵두도 발그족족한 빛을 띠기 시작했습니다. 파리똥(보리수)도 감도 모두 힘찬 첫발을 내딛었습니다.

천둥소리보다 무서운 경적소리

태풍이 온다더니 용케 비켜 갔습니다. 하지만 비는 꽤 많이 내렸습니다.

비가 가장 많이 쏟아지는 시간대에 비옷을 입고, 삽을 들고 나섰습니다. 혹 물길이 막힌 곳이 있지 않나, 제방이 터진 곳이 있지 않나 살피기 위해서입니다. 그런데 이젠 맨 땅이 없어서인지 물길이 굳은 것 같습니다. 반면에 풀숲으로 가려져 어디에 문제가 있는지 찾아낼 방법도 없어졌습니다. 이게 바로 자연의 힘입니다. 이제 더 이상 나의 힘으로는 어떻게 해볼 도리가 없어진 것 같습니다. 무너지면 그대로 둬야지 어떡하겠습니까. 산속으로 내 놓은 산책로도 제법 잘 버텨주고 있는데, 두더지가 파 놓은 곳으로 물길이 났습니다. 언젠가는 두더지 때문에 큰 낭패를 볼 것만 같습니다. 꽤 경계를 해야 할 녀석인데, 방법은 없는 것 같습니다.

여전히 쏟아지는 비, 비옷을 입었지만, 비옷을 입고 일하면 땀복입니다. 땀에 젖은 옷을 벗어서 주물럭거려 대충 빨아놓고 마당 우물에서 샤워를 했습니다. 고여 있는 우물 위로 쏟아지는 빗방울이, 방울이 되어 굴러다닙니다. 방울을 한 바가지 떠올려 몸에 끼얹는 상쾌함. 발가벗고도 마당을 한가롭게 서성일 수 있는 해방감은 무척이나 나를 흐뭇하게 만듭니다.

옷을 벗은 채 마당을 돌아다닐 수 있는 사람이 이 세상에 몇 명이나 될까? 마당을 사뿐사뿐 걸어 다니다가 문득 이런 기분이 들었습니다. 내가 자연이 된 느낌이랄까? 옷을 입고 다닐 필요가 없는 곤충이나 지렁이랄까?

눈에 거슬리게 키가 큰 풀을 뽑고 있는데, 그때 마침 천둥소리가 울렸습니다. 순간 숙연해졌습니다. 발가벗은 채 듣는 천둥소리는 또 다르게 느껴졌습니다. 성서의 한 장면이 떠오르면서 생각을 해봤습니다. 벼락 맞을 짓을 한 게 있었는지. 그런데 뒤이어 자동차 경적소리가 들렸습니다. 얼마나 놀랐는지 모릅니다. 천둥소리에도 놀라지 않았는데, 자동차 소리에 놀라고 말았습니다. 역시 신보다도 사람이 더 무섭습니다. 비가 오는데 누가, 이 깊은 산속까지 들어왔다 나가는지 모르겠습니다.

산에서 가장 무서운 세 가지

어린 감나무가 며느리밑씻개와 칡넝쿨에 몸살을 앓고 있는 게 눈에 띄었습니다. 그냥 둘 수 없어 풀밭으로 들어갔습니다. 그런데 말입니다. 산에 혼자 살면서 남들이 궁금해하는 귀신도 무섭지 않은데 두 가지 무서운 게 있습니다. 한 가지는 땅벌입니다. 온몸을 골고루 쏘여봐서 압니다. 또 한 가지는 뱀입니다. 뱀을 밟았을 때의 상상력이 총 동원되거든요. 머리를 밟았을 때…… 몸통 중간을 밟았을 때…… 꼬리만 밟았을 때……. 그래서 풀숲에 들어갈 때는 될 수 있는 대로 빨리 다니지 않습니다. 뱀이 먼저 피할 수 있는 시간을 주기 위해서죠.

그런데 한 가지가 더 생겼습니다. 감나무 줄기를 칭칭 감고 있는 칡넝쿨을 풀어내는데 팔목이 불에 덴 듯 따가웠습니다. 아야야! 고함을 지르며 며느리밑씻개를 보았습니다. 며느리밑씻개 가시에 긁힌 줄 알았거든요. 그런데 며느리밑씻개 가시와는 전혀 상관이 없었습니다. 번뜩 떠오른 게 쐐기였습니다. 어렸을 적 쏘여봤던 기억이 아직까지 생생하게 남아 있던 것이지요. 감나무 이파리를 이리저리 뒤적여보니 이파리 뒤에 쐐기들이 반상회를 하고 있습니다. 일곱 마리가 옹기종기 모여 있습니다. 초등학교 때 하던 대로 했습니다. 이파리를 따 땅바닥에 놓고 짓이겼습니다. 팔목에 쏘였는데도 가슴까지 아립니다.

덥기도 하지만 팔목이 쑥쑥 아려서 잠자기는 다 틀린 거 같습니다. 몸속에서 바늘이 밖으로 뛰쳐나간다면, 바로 이런 느낌일 것입니다. 잠시 잠이 들 듯하다가, 다시 신음소리를 내며 팔을 움켜잡아야 했습니다.

새벽이 되니 통증이 조금 가라앉았습니다. 아직은 아프지만 가려운 기운이 생긴 걸 보니 독이 많이 순해졌나 봅니다. 그러고 보니 독도 내 몸속에서 시간을 보내니 순해지네요. 그래야지요. 순해져가면서 살아야지요.
가만히 기다립니다.

환장하게 밝은 달빛

달이 앞산에 떠서 둥둥 산등성이를 타고 창 앞으로 지나갑니다. 깊어만 가는 밤, 달빛이 너무 좋아 강변을 걸어보기로 합니다. 사랑하는 사람하고만 손을 잡고 걷는 건 아닙니다. 오늘밤은 달과 손을 잡고 걸을 겁니다. 달한테 손을 내밀었습니다. 달이 내 손을 꼭 잡아줍니다. 산골은 달그림자로 어둠이 옅어졌다, 진해졌다, 얼룩이 집니다. 도깨비대장 앞에 걸터앉아 강을 바라봅니다.

밝다!

강물이 훤합니다. 빤짝입니다. 강가로 내려가 강물에 손

을 담가봅니다. 달빛이 너무 밝아 별이 거의 없는 대신 강물
이 물결이랑을 따라 은하수가 되었습니다. 강바람이 땀띠가
날듯 말 듯한 살갗을 살살 어루만집니다. 내 키만큼 자란 촌
스런 달맞이꽃들이 환장하게 밝은 달빛에 목을 빼 들고 달을
맞이하고 있습니다.

무익조가 세워진 언덕바지에 서서 긴 강줄기를 바라봅니
다. 건넛산에서 부엉이도 깊은 속울음을 휭- 휭- 뱉어내고 있
습니다.

방에 들어와서도 창문 커튼을 닫지 않았습니다. 환한 산,
달이 서산으로 넘어갈 때까지 커튼을 닫지 않을 겁니다.

달무리가 커다랗게 져 있는 게, 비 오시려나?

에구구구구

이번 비가 14년만의 비였다고 합니다. 마을 사람의 말로 내가 살고 있는 섬진강 들목 길이 14년 만에 넘쳐났다고 했으니까요. 수직 하강만을 하는 물이, 제 몸을 낮추기만 하는 물이, 이렇듯 무서워질 수가 없습니다. 꿀렁꿀렁 한 방향으로만 흐르기에 더 무섭습니다. 집 앞, 섬진강 가에 서 있는 도깨비 대장에까지 물이 차올라버렸습니다. 강변에 있던 나룻배도 길 위로 올라서 버렸고요. 도깨비대장과 내 이름을 나란히 써 둔 표석도 쓸려버렸습니다. 도깨비 조각 아래에 채워둔 자갈돌들도 쓸려, 길을 막아버렸습니다. 하지만 역시 도깨비대장입니다. 도깨비는 까딱도 안 하고 제 자리를 지키고 서 있습니다. 표석을 낑낑대며 옮겨놓고, 삽을 들고 나가서 몇 시간 동안 자갈돌을 제자리로 퍼 날랐습니다.

참말로 난 언제나 진짜 노동자가 되는지요. 허리도 팔도 아프고, 뱃가죽도 당기고, 손바닥에 물집도 생겼습니다.

밥상 들기도 힘이 들어, 에구구구구 소리를 내며 들어 올립니다.

칡꽃차

맘을 단단히 먹고 밤밭으로 올라갔습니다. 모든 것이 맘먹기에 달렸습니다. 잡초가 가슴까지 차오르는 곳도 있었지만, 생각보다는 괜찮은 편입니다. 밤나무 가지를 잡고 넘실대는 칡넝쿨을 걷어내면서 다시 한 번 칡넝쿨에 감탄을 합니다. 이 녀석은 줄기만 잘라냈다고 끝나는 게 아닙니다. 저번에 귀찮아서 줄기만 자르고 풀어내지 않았더니 마른 칡넝쿨들이 썩지도 않은 채 나무줄기로 파고 들었습니다.

밤은 야생성에 가까워서인지 가꾸지 않는데도 주렁주렁 열렸습니다. 수확할 생각을 하니 다시 답답해집니다. 풀숲이 되어서 보물찾기가 될 테니까요. 물론 수확하지 않으면 그만이겠지만요.

산둥성에 앉아 풋밤을 까먹었습니다. 풋 냄새를 좋아하는 까닭이겠지만 입안에서 씹히는 오도독, 경쾌한 소리. 물큰 앳된 냄새가 입안에 고이니 시원함과 떫은맛이 더위를 달래줍니다. 무엇보다도 칡꽃이 피었습니다. 칡꽃 향기가 나를 취하게 만듭니다. 산 가득 칡꽃향기에 고봉밥을 먹어야만 될 듯 야릇한 허기가 느껴집니다.

바구니를 들고 다시 산에 올랐습니다. 칡꽃을 따기 위해서입니다. 포도송이처럼 주렁주렁 달린 보랏빛 칡꽃을 바구니에 가득 따냈습니다. 그리고 예쁜 것으로만 골라내 물에 씻었습니다. 조그마한 벌레들이 있기 때문이죠. 칡꽃 향기를 좋아하는 것으로 견주어 본다면야 그 벌레와 나는 친한 사이겠지만 경쟁자이기도 하니까요.

그리고 칡꽃을 그늘에다 널어두었습니다. 이제 기다리기만 하면 칡꽃차가 만들어지겠지요. 이렇게 만드는 게 맞냐고요? 글쎄요, 모르긴 몰라도 이렇게 하면 될 것 같습니다. 이 향기가 어디로 갈려고요!

새의 눈이 되어서

섬진강변에 누워 하늘을 바라봅니다. 어질어질한 게 웬 까닭일까요? 서서 비스듬하게 보는 하늘과 누워서 똑바로 쳐다보는 하늘은 느낌이 많이 다릅니다. 땅에 몸을 맡겼는데 하늘로 떠오른 느낌입니다. 먼 하늘에 잠자리가 날고 있습니다. 더 먼 하늘에는 까만 점이 된 새가 날고 있습니다. 새는 서로 장난을 치는지 뒤엉켜 날고 있습니다. 그보다 더 먼 하늘에는 구름이 지네들끼리 뭉게뭉게 어우러지고……. 파란 하늘입니다. 눈을 감습니다. 누워있는 내가 내려다보입니다. 새의 눈으로 내가 들어갔습니다.

벌레들과 생존경쟁

칡꽃 향기가 좋긴 좋나 봅니다. 작업실 한 쪽, 바구니에 담아뒀는데 글쎄, 벌레들이 맛있게 먹어버렸습니다. 돋보기로 들여다봐야 보일 정도로 작은 벌레부터 제법 몸집이 있는 꿈틀꿈틀 애벌레들까지 함께 있습니다. 이리저리 까불려보기도 하고 애벌레들을 잡아내 봤는데……. 자세히 들여다보니 꽃주머니에 구멍이 뿡뿡 뚫려 있습니다. 맛있는 부분부터 먹었겠지요, 벌레들은 아껴서 먹진 않을 테니까요.

밤밭으로 칡꽃을 따러 다시 올랐습니다. 밤나무 한 그루에 밤송이가 누렇게 익어 벌어져 있습니다. 풀숲을 헤쳐 봤더니 밤송이와 알밤들이 제법 소복이 떨어져 있습니다. 줍고 까니까 한 바구니가 됩니다. 올들어 첫 수확입니다.

칡꽃 향기는 여전히 달콤비릿하니 가슴을 울렁이게 합니다. 칡꽃을 다시 따 우물물에 헹궈냈습니다. 벌레들을 완전히 쫓아내기 위해 뙤약볕에 한동안 놔두기로 했습니다. 이리저리 까불려보기도 했습니다. 이번에도 벌레가 칡꽃을 먹으면……, 내가 그 벌레들을 먹어버려야겠습니다.

농부의 마음

오늘은 나름 가을걷이를 합니다.

마당, 풀밭에 발을 쉽게 내디딜 수가 없습니다. 한 발 한 발 디딜 때마다 수많은 곤충이 뛰어오릅니다. 바스켓을 들고 조심조심 걸어 산으로 올라갑니다. 오늘은 감을 따기 위해서입니다. 올해는 감이 별로 열리지 않았습니다. 우리 집 감나무뿐만 아니라 올 감농사가 시원찮다고 합니다. 친구네 집도 감 꼬투리가 다 빠져버린다고 툴툴거립니다. 감이 별로 열리지도 않았지만, 아직 익지도 않았습니다. 장두감은 뾰족한 끝부분부터 불그스름히 올라오기 시작했고, 단감도 누르스름해지기 시작했지만, 아직 푸른 기가 많이 남아 있습니다. 감을 몇 개 따, 산을 내려와 마당에 부려놓고 보니 바스켓엔 감보다도 곤충들이 더 많이 실려 와 있습니다.

밤밭으로 올라갑니다.

밤 수입을 중국에서 하는 바람에 올해 밤은 인건비도 나오지 않을 지경이라고 합니다. 나야 출하해야 할 밤이 아니기에 몸에 와 닿지 않는 말이지만요.

난 열심히 주웠습니다. 떨어져 있는 밤을 모른 척해버리기에는 무언가 나를 짓눌러왔습니다. 음식이잖아요. 장화 신고

허리 아프게 돌아다니면서 줍고 까냈습니다. 물론 줍는 시간
보다 잡초를 베어내는 시간이 더 길었지만요. 꽤 많은 양을
주웠기에 이리저리 나눠줄 수 있어 즐거웠고요. 그런데 주워
온 밤을 골라내면서 예쁘지도 않고, 벌레 먹은 밤을 골라 냄
비에 담습니다. 내가 먹을 것입니다.

밤을 이리저리 살펴 먹으면서 생각합니다. 농부의 맘은 엄
마의 맘과 참 닮아있다고. 못난이는 다 내 차지입니다.

늘 새로운 일입니다

산과 강에서 살면서 해보고 싶은 것도 많고 배우고 싶은 것도 많습니다. 낚시도 해보고 싶고, 밤중에 나룻배를 타고 고기 잡으러 강으로 들어가는 친구를 따라가 보고도 싶고, 송이버섯도 따보고 싶고, 철마다 피는 꽃을 따다가 차를 만들고도 싶고, 한아름 만한 배추도 키워보고 싶고, 씨알 굵은 감자도 캐어보고 싶고, 산과 강가에 피는 꽃 이름도 다 알고 싶고, 산초장아찌도 담아보고 싶고, 무진장 많은데 한 30년은 더 살아야 다 해볼 수 있을는지요.

얼마 전에는 영지버섯을 주전자에다 넣고 고았습니다. 친구가 그렇게 먹으면 된다고 했습니다. 쌉쓸한 맛이 난다나요? 난 쓴맛도 꽤 즐기는 편이라 한 시간 동안 영지버섯을 고았습니다. 그런데 쓴맛이 아니라 눅눅한 맛이었습니다. 뒷맛이 느끼하지만 고아놓은 것이 아까워서 커피도 타 먹어보고요. 그런데 영지버섯, 그놈 대단했습니다. 한 시간 동안 고았는데도 버섯은 딱딱한 그 모습, 그 강도를 그대로 유지를 하고 있습니다.

그래, 이 정도 강단은 있어야 약이라고 할 수 있지!

고아놓은 물은 다 마시기로 했습니다.

영지버섯 물을 다 마신 사람이라도 되고 싶습니다.

고맙습니다

　낫 하나 들고 산책 겸 강으로 나섰습니다. 도깨비대장에 열 명 남짓한 아이들이 붙어 있습니다. 할머니 한 분은 도깨비대장 앞에 뒷짐을 지고 서서 도깨비를 들여다보고, 아이들의 부모는 주위를 돌아다니며 비닐봉지에 쓰레기를 주워 담고 있습니다. 아이들이 우- 달려들어 나룻배에 올라타고 목소리를 높입니다.

　그 옆으로 낫든 남자가 걸어갔습니다.

　강으로 하늘하늘 햇살이 떨어지고

　내가 그 풍경 속으로 걸어 들어갔습니다.

머슴밥 먹는 법

드디어 톱을 들고 숲속으로 들어갔습니다. 겨울 날 준비를 해야지요. 가까운 곳에 있는 나무들은 거의 주워버려서 점점 더 멀리 들어가야 나무를 할 수 있습니다.

숲속은 제법 울긋불긋 단풍이 들어있습니다. 통나무를 숲 밖으로 끌어내면서 생각했습니다. 올해는 나무를 한 만큼만 때자, 추우면 옷을 잔뜩 껴입자, 그래도 추우면 담요를 덮고 살자, 무리해서 허리도 아프지 말고, 거의 나아가는 손가락도 보호하자.

속옷에 땀이 송골송골 밴 만큼 나무를 했습니다. 아궁이에 땔 하루치와 벽난로에 땔 하루치는 될 성 싶습니다. 나무를 좀 했더니 배가 고픕니다. 김치 한 보시기에도 머슴밥이 먹힙니다. 고마운 일이 숲에 널려 있습니다.

고맙습니다.

첫눈이 내립니다

첫눈입니다.

거짓말처럼 눈이 펑펑펑 내립니다. 밖으로 나가 온몸으로 눈을 받아냅니다. 머리 위에도 어깨 위에도 눈썹 위에도 눈이 쌓입니다. 풀 위에도 나무 위에도 산에도 눈이 쌓입니다. 한 천년동안 서 있어볼 참입니다.

옷을 단단히 차려입고 강변으로 내려갑니다.

눈을 뒤집어쓰고 있는 도깨비대장을 만나고 오는데 마침 김장을 마친 친구가 난로 위에다 쭈꾸미와 굴을 올려놓았습

니다. 강에서 잡은 피리
도 화롯불에 올려놓았습
니다. 김장김치 그리고
소주 한 잔! 어둠이 내린
만큼 취해갑니다.

밤은 깊을 대로 깊어
져가고, 김장김치 한 보
시기 싸준 것을 들고 올라오는데, 펑펑펑 눈은 쏟아져 내리
고, 뽀각뽀각 눈 밟히는 소리가 따라옵니다. 거나하게 취했
고 이렇게 기분이 좋을 수가, 콧노래가 흥흥흥 삐져나옵니
다. 눈이 너무 많이 내려서 여기저기 전화를 해서 약속을 끊
어냅니다.

응, 나야, 이제 꼼짝없이 갇힐 거 같아. 미안해서 어쩌냐?

죄송합니다. 눈이 쌓여서요. 언제 풀릴지 모르겠습니다.

세상과 소통하는 전화로 세상과 소통을 끊어냅니다. 난 미
안하다고 말해놓고 기분 좋게 갇혀있는 동안 무엇을 할 것인
가 계획을 짭니다. 김장김치도 얻어왔고 끄떡없습니다.

마당에서 오줌을 싸는데도 눈이 얼마나 많이 왔는지 표시
도 나질 않습니다.

아, 좋다. 참말로 좋다!

측간 청소를 하다가

측간 앞 양지바른 곳에는 이제야 무성해지는 풀이 있습니다. 추운 날이 되자 더욱 힘을 내는 녀석을 어떻게 바라봐야 할지요.

측간 청소를 했습니다. 내가 먹고 남긴 뒤엣것들을 두엄자리에 내는데, 두엄자리 옆에 노란 개똥참외가 열려있습니다. 두엄자리 둘레로 풀이 무성해서 지금껏 모르고 지냈던가 봅니다. 풀들이 사그라지자 노란색 참외 두 개가 모습을 드러낸 것입니다. 내가 먹고 남은 찌꺼기에서 생명을 틔워 낸 개똥참외입니다. 만져보니 찬 날씨에 참외가 물러져버렸습니다. 쪼개어 봤습니다. 몸은 썩어가도 향기만은 아직 단 내를 품고 있었습니다. 죽어가면서까지 향내를 품는 건 쉬운 일이 아닐 텐데요, 이제부터 나는 참

외를 먹을 때면 생각을 하기로 합니다.

모든 일을 참외처럼 마감하자!

덕분에 시 한 편을 건졌습니다.

개똥참외

깊은 산골 기찻길 옆
햇살 고여 반짝이는 곳
개똥참외 열렸네
샛노랗게 두 개가
엄마, 엄마 부르며 열렸네
기차가 지나갑니다.

아마도 노래로 만들어질 듯합니다. 벌써부터 흥얼흥얼 노
래가 지어집니다.

어쭙잖은 농사꾼들

우행 아저씨가 집에 들렀는데, 머릿속에서 잡초가 떠나질 않는다고 합니다. 어쭙잖은 농사꾼들의 마음이란 그런 건가 봅니다. 우행 아저씨도 어쩌다가 어린 과일 나무들을 심어놓았으니까요. 중요한 건 잡초를 걱정만 하고 있지 일할 마음이 없다는 게 문제입니다. 나도 마찬가지입니다. 잡초 걱정이야 늘 하지만 몸이 쉽게 움직여지진 않습니다.

산을 둘러보니 칡넝쿨들이 감나무 밤나무 가릴 것 없이 칭칭 동여매 놓았습니다. 칡넝쿨이 나무들보다 키가 더 커져 있습니다. 감나무가 아니라 칡나무인 것 같습니다. 하지만 제초작업은 다음 주로 미뤄뒀습니다. 태풍이 하나 더 올라온다고 했습니다. 다음 주면 이 무더위도 꺾인다고 하니 미뤄둘 이유가 충분합니다. 물론 한 주 동안은 더욱 칡넝쿨에 점령당해갈 것이고 내 머릿속도 좀 더 칡넝쿨로 꼬여가겠지만 마음을 달랩니다.

이런들 어떠하리 저런들 어떠하리.
만수산 드렁칡이 얽어진들 어떠하리.
우리도 이같이 얽어져 백년까지 누리리라.

©이대건

구녀가 잔녁 사이

가장 큰 선물

오늘도 언제나와 같이 산에 어둠이 내립니다. 불을 켜지 않고 창밖을 바라보며 앉았습니다. 가까운 산이 먼저 어두워지고 먼 산이 천천히 어두워집니다. 조금은 쓸쓸해지고 차분해지는 시간입니다. 그래서 늘 어둠이 내릴 때면 하염없이 바라보고 있게끔 만듭니다. 조금이라도 움직이면 침전된 마음이 흐래처럼 일어나버릴 것만 같아서 옴짝달싹하지 않습니다. 도시와는 달리 온 세상에 어둠이 공평하게 내리니까요. 경외스럽다라는 말은 이럴 때 쓰는 말입니다. 기다리면 이 세상에서 가장 어두운 곳이 됩니다. 아무것도 없다는 뜻은 아닙니다. 어두워져야 슬금슬금 나타나는 것들이 있으니까요.

어떤 시인이 말했습니다. 난 이런 데에 있으면 하루에도 몇 편씩 시를 쓸 수 있겠다고. 하지만 전 그렇질 못합니다. 내 시야에 들어오는 풍경이 이렇듯 나를 하찮게 만들고 있는데 이런 장엄함에다 대놓고 어떻게 시 쓸 생각을 할 수 있단 말입니까. 그런데 오늘은 불경스럽게도 일제히 내리고 있는 어둠을 바라보며 잡생각을 했습니다. 나는 왜 이리 어둠한테 잡혀 옴짝달싹도 못하고 있는 것인지, 한없이 하찮아지는지.

모르겠습니다. 혹 자연을 형제로 어머니로 아버지로 생각

하는 인디언들은 어둠을 포근하게 받아들일지 모르지만 난 그렇질 못합니다. 아무리 생각해도 모르겠습니다.

확실한 건 앞으로도 어둠은 하루에 한 번씩 내릴 것이고 난 그 어둠을 조용히 바라보며, 경건해지거나 조금 외로워지거나 차분해지거나 주눅이 들어갈 것이라는 겁니다. 그러고 보니 산에 들어와 살면서 얻은 가장 큰 선물은 어둠을 바라볼 수 있는 기회를 얻은 것이란 생각이 드는 날입니다.

끈

산중에 혼자 있다고 혼자 있는 건 아닙니다.

수많은 끈들이 날 잡아당깁니다.

난 단지 버티고 있을 뿐입니다.

친한 친구 아버님이 돌아가셔서 이틀 밤을 같이 지새고 산에 들어오니 강이와 물결이가 사라져버렸습니다. 주고 간 밥도 먹지 않았는지 그대로 있습니다. 무슨 일인지 산토끼가 우물에 빠져 죽어있습니다. 개들한테 쫓기다가 빠졌을까요?

내리는 어둠을 볼 때면 언제 보아도 무섭습니다. 너무나 깊어 끝을 알 수 없는 막막함으로 다가옵니다. 내 사는 모습이 아직 명료하지 못해서 그런지도 모릅니다. 어둠으로 두껍게 덮혀버렸기 때문인지도 모릅니다.

이렇게 순식간에 세상이 지워지다니! 이럴 때 문득 그리운 사람을 불러보고 싶어지기도 합니다. 그런데, 얄궂게도 의외의 사람이 그리워졌습니다. 그렇게도 미워하고 증오했던 사람이 불러졌습니다. 단 한 톨의 기억도 남아있지 않은 사람, 얼굴도 모르는 사람입니다.

아버지!

어둠이 내 몸으로 스며들어 나도 지워집니다.

비 내리는 강

빗발에 가려진 뿌얀 먼 산에 산 벚꽃
발 앞에 피어 있는 노란 애기똥풀꽃과 하얀 오랑캐꽃
우산에 떨어지는 수선스런 빗소리에 봄꽃 망가지겠다,
생각하며 강변으로 나갔습니다.
강을 바라봅니다. 비 맞고 서 있는 백로와 왜가리
늘 같은 풍경인데 늘 다릅니다.
아릿한, 차분한, 담담한, 두려운, 아늑한……

오늘은 상류에서 몰려드는 빗물로 점점 수위가 높아집니다. 황토물로 꿀렁거리며 몰아치는 저 힘을 감히 어느 누가 맞서겠습니까. 문득 당연한 생각을 하고 있습니다. 강은 늘 흘러가고 있을 뿐이구나.

단 한 치의 오차도 없이 아래쪽으로, 패인 곳은 채우고 흐르는 원칙에서 어긋남이 없기에 어느 누구도 맞설 수 없는 것이구나.

배웅하는 뒷모습은 쓸쓸합니다

　마당 가장자리에 앉아 있음직한 바위가 있습니다. 그 바위에 앉거나 올라서면 멀리까지 길이 보입니다. 당연히 차가 올라오는 것도 내려가는 것도 바라볼 수 있습니다.

　손님이 오거나 갈 때, 난 그 바위에 올라서서 손님을 맞거나, 배웅을 합니다. 나뿐만 아니라 내가 집에 들어갈 때면 강이도 바위 위에 올라서서 차 올라오는 것을 바라보고 있습니다.

　오늘 각시가 왔다가 내려가는데, 그 바위를 나보다 강이가 먼저 차지했습니다. 강이가 바위에 올라서서 각시 차가 보이지 않을 때까지 바라보고 서 있습니다. 아마도 저 뒷모습이 내가 손님을 배웅하는 모습일 테지요.

　강이는 도대체 무슨 생각을 하면서 바라보고 서 있을까요?

　흠! 나랑 같은 생각이겠지요, 뭐!

하늘님이 찾아오신 꽃

산에 처음 들어와서는 주로 덩어리를 보았습니다. 물론 지금도 커다란 덩어리를 보며 감탄도 하고, 차분해지거나 답답해지기도 합니다. 똑같은 풍경인 듯하지만, 계절에 따라, 내 마음에 따라 달리 보이니 일 년 내내 모두 다르게 보이지요.

그런데 요즈음은 나도 모르게 점점 들여다보기를 하고 있습니다. 쪼그려 앉아 풀숲을, 개울을 들여다봅니다. 눈을 부릅떠야 눈을 맞출 수 있는 풀꽃, 이파리, 벌레, 돌멩이, 징거미, 다슬기와 수많은 유충과 도롱뇽, 가재, 새우, 도마뱀, 올챙이, 씨앗 껍질을 뒤집어쓰고 나오는 새싹들……. 쪼그려 앉아보았던 것들이, 고 작은 것들이 오랫동안 마음속에 남습니다. 뒷짐 지고 온 세상을 커다란 덩어리로 바라봤던 것이든 쪼그려 앉아서 보았던 작은 것이든 내 마음속에서는 같은 무게로 자리를 잡고 있습니다.

요즈음은 집 앞마당에 피어있는 풀꽃 들여다보기를 하고 있습니다. 봄까치꽃, 꽃다지, 꽃마리 그리고 하얗게 피어있는 봄맞이꽃이 땅바닥에 바짝 붙어 피어있습니다. 쪼그려 앉아, 고개를 숙여도 똑똑히 보이지 않아, 엉덩이를 들어올려야 눈을 맞출 수 있습니다. 아무리 작아도 꽃잎과 꽃술이 모두 온전하게 달려있는 걸 보면 얼마나 신기한지 모릅니다. 꽃잎을

하나둘, 세면서 마음을 송두리째 빼앗겨버립니다. 그런데 순간, 숨이 멈췄습니다. 꽃구경을 하고 있는데 바람결에 봄까치 꽃 한 송이가 팔랑 풀밭으로 떨어졌습니다.

이를 어떡하나!

기도를 하지 않을 수 없었습니다.

참 알다가도 모를 일입니다.

얄궂게도 이렇게 작은, 눈곱만한 꽃송이로 하늘님이 찾아오시다니요!

고추 모종을 바라보며

어제 장날에 고추, 오이, 호박, 방울토마토 모종을 샀습니다. 차 안에다 실어놓고 한참 동안 돌아다녔더니 모두 시들대로 시들어버렸습니다. 유달리 고추 모종은 힘이 빠질 대로 빠져 줄기가 흔들흔들 제 몸도 가누질 못했습니다. 텃밭에다 심었지요. 작년에 버팀목을 해주지 않았다가 태풍에 모두 넘어져버린 기억이 나 짱짱한 지주대 하나씩 딸려서 심어놓고 물을 흠뻑 주었습니다.

오늘 일어나 보니, 언제 시들했냐는 듯 싱싱하게 목을 쳐들고 있습니다. 어린것들이 지주대에 기대고 있는 모습을 보니 이런 생각이 듭니다. 밑동이 튼실치도 못한 것들이 열매를 많이 맺으려면 버팀목 하나씩은 꼭 곁에 있어줘야 하는 거라고요. 그렇지 않으면 호박처럼 열매를 땅바닥에 부려놓던지요.

나는? 버팀목이 되어줄 만한 빽이 없는 건 확실하니 땅바닥을 박박 기어야 하는데, 그런 겸손한 모습도 없는 것 같습니다. 하기야, 전제 조건이 결실을 많이 만들어낼 사람들한테나 해당되는 말이니 난 스스로 버틸 만큼만 알맞게 살아야겠습니다.

소나무와 찐해졌습니다

산을 내려다봅니다.

송홧가루가 안개처럼 휘몰아쳐 온 세상이 누렇게 뒤덮였습니다.

방문을 조금만 열어놓아도 어김없습니다. 방안이 누렇게 송홧가루에 점령당하고 맙니다. 바람하고 작당을 한 짓거리여서 어쩔 수 없이 난,

요즈음 소나무와 찐해지고 있습니다.

숲에 듭니다.

둥지 굵은 소나무를 껴안고 가만히 귀를 기울입니다.

솔바람 소리만 들립니다.

난 언제쯤이나 나무와 대화를 나눌 수 있을는지요.

당당한 사슴벌레

밤이면 산중에 사는 벌레들이란 벌레들은 불빛을 보고 모두 창문으로 모여듭니다. 숲속 동물원이 되는 거지요. 하루살이, 매미, 각다귀, 풍뎅이, 싸내기, 노린재, 거미, 벌, 베짱이, 여치, 사슴벌레, 잠자리, 각종 나방 등이 유리창과 방충망에서 푸덕거리거나 서걱거립니다. 그중에 일부는 창틈으로 침입하지요. 모른 척해주기도 하지만 벌은 여지없이 파리채에 맞아 죽고 맙니다.

오늘은 방충망에 대단한 녀석들이 붙었습니다. 한 녀석은 사슴벌레입니다. 까맣게 번들거리는 게 광을 내놓은 구두 같습니다. 툭, 건드렸더니 몸을 곳곳이 세우며 집게를 쫙 벌립니다. 온 세상이 집게에 다 들어갔습니다. 또 한 녀석은 하늘소인데 평소에 보던 그런 종류가 아닙니다. 몸집도 듬직하고 당당하게 생긴 녀석이었습니다. 기쁜 맘으로 엄지와 집게손가락으로 잡아내려고 하니 몸을 치켜세우며 소리를 지릅니다.

찌-익, 찌-익.

감히 제 몸에 손대지 마라며 경고음을 냈습니다. 짜식! 몇 번 건드려보다 그만뒀습니다. 그냥 그래야 할 것 같았습니다.

앞으로는 나도 내가 싫을 때면 꽥꽥 소리를 지르기로 했습니다. 연습을 해봅니다. 싫어, 싫다니깐!

대물림

　요즈음은 뻐꾸기가 울지 않습니다. 하지만 뻐꾸기 소리가
귓속에서 떠나지 않고 맴돌고 있습니다. 어떤 시인이 그랬지
요. 뻐꾸기 소리를 듣고 있으면 서늘해진다고요.

　나도 그렇습니다. 깊은 산, 한가로운 시간을 보낼 때,

　뻐-꾹 뻐-꾹.

　오싹해질 때가 있죠. 어쩌면 뻐꾸기는 태생부터가 비정한
까닭인지도 모릅니다. 어미는 새끼를 버리고, 새끼는 태어나
자마자 양모의 새끼를 죽이고, 다 커서는 양모를 버리고 떠나
는 새끼들. 그런데 친엄마인 뻐꾸기는 뻔뻔스럽게도 자식들
이 다 큰 뒤에야 찾아 나서지요.

　뻐-꾹 뻐-꾹 뻐뻐-꾹 뻐-꾹.

　왜 이런 대물림을 하고 있는 걸까요?

　뻐-꾹 뻐-꾹.

　징그러운 대물림입니다.

산 풍경을 밥상 위에 올려놓고

날이 좋았습니다. 점심은 바깥에서 손님과 함께 우아하게 먹었지만, 저녁은 혼자서 거실에 상을 차렸습니다. 낮과 다르게 어스름이 내리는 안개 낀 산풍경이 밥상 위에 올라앉았습니다. 불은 켜지 않았습니다. 볼따구니가 찢어져라 밥을 퍼넣고 우적우적 먹습니다. 그러니까 난 지금 청승을 떨고 있는 중입니다.

산에 들어와 앉아 있다고 바깥일들이 잠잠해지는 것은 아닙니다. 줄레줄레 따라 들어온 잡스런 생각들이 나를 옭아매고, 옥죄고, 난잡스러울 때가 종종 있습니다. 오늘은 손님이 부려놓고 갔습니다. 탈탈 털어 내려고 노력은 하지만 헛된 일이란 건 압니다. 그럼에도 항상 벗어나려고 몸부림을 치고 있는 나를 봅니다.

내 사지를 가장 멀리 벌린 채로 방바닥에 누웠습니다. 오디오 볼륨은 최대한 높였습니다. 잡스런 생각들을 소리로 밀어내보려는 겁니다. 얼떨결에 산만 시끄럽게 됐습니다.

무념과 잡념 사이

요즈음 마당 건너편 전깃줄에 직박구리가 자주 앉아 있습니다. 이 새는 한번 앉았다하면 한 시간은 그대로 있습니다. 먼 산을 바라보며 참선을 하고 있는 중이 아니면 누군가를 하염없이 기다리고 있는 중이겠지요.

마당 가장자리 풀줄기 끄트머리에는 잠자리가 앉았습니다. 바람이 솔솔 불어 풀줄기가 이리저리 흔들리는데, 잠자리도 풀줄기가 되어 같이 흔들리고 있습니다. 아무 생각이 없기 때문일 겁니다.

나는 뭡니까? 창밖으로 그 둘을 바라보면서, 생각도 참 많습니다.

나비 사랑법

거실 앞 층꽃은 산동네에 소문이 났는지 이젠 나비뿐만 아니라 벌도 많이 날아듭니다. 여전히 나비들 천국입니다.

나비들의 사랑놀이가 유별납니다. 세 마리가 뒤엉켜 삼각관계가 되어 다투는 나비, 이 녀석 저 녀석을 찝쩍거리고 다니는 나비, 싫다는데 질기게 따라다니는 나비. 바라보고 있자니 생각이 납니다. 저 녀석은 누구 같고, 저 녀석은 누구 같고. 사람 사는 모습과 똑같습니다. 서로 눈이 맞은 나비는 위아래로 거의 포개어진 채로 팔랑거리며 하늘로 올라갑니다. 누구의 방해도 받지 않을 만큼 높이 올라갑니다. 그러다가 두 마리가 아주 짧은 순간 한 몸이 되었다가 아래쪽 나비가

추락하는 듯, 날갯짓을 하지 않은 채 떨어져 내립니다. 잠시 황홀지경에 이르러 정신을 놓아버린 탓일 겁니다. 지상에 다다르면서 다시 날갯짓을 합니다. 그때 하늘에 남아 있던 나머지 한 마리도 먼저 떨어졌던 나비처럼 날갯짓 없이 거의 수직으로 떨어집니다. 그 녀석도 땅에 이를 즈음에야 날개를 팔랑이며 날아갑니다. 사랑이란 게 저렇듯 높이 올랐다가 툭, 떨어지는 것은 아닐는지…….

나비는 사랑을 나눈 뒤 서로 반대 방향으로 날아갑니다. 지상의 모든 것들은 결국 헤어져야 하는 게 법도이지만 너무나 깔끔하게 헤어지는 그네들의 모습이 무정하기도, 부럽기도 합니다.

나를 타이릅니다

밖에 있다가 산에 들어가면 마음이 편해집니다. 마음과 몸이 피곤할 때면 산에 있는 것만으로도 몸과 마음이 고요해짐을 확연히 느낄 수 있습니다.

오늘은 근심이 온몸에 가득 차 있는 날입니다.
솔잎 사이로 떨어지는 푸른 햇볕에 몸을 쬡니다.
비탈길에 모여든 솔방울을 주워 올리면, 솔방울 숫자만큼 근심이 밀려납니다.

산을 바라보며 고요해지라고 나를 타이릅니다. 산에서는 나 이외의 살아있는 것들이 가득하다는 것을. 그러하려고 그러하지 않아도 나 이외의 살아있는 것들에 귀 기울이고, 관심을 갖게 됩니다. 하늘을 올려다봐도 땅을 내려다봐도 눈에, 귀에, 피부에. 살아 숨 쉬는 것들이 저 나름대로 살아서 나와 같이 숨을 쉬고 있으니까요. 산에서는 모두 같이 살아있어 편합니다. 누구나 살 수 있는 곳이니 편하지 않을 수 없겠지요.
산을 바라보고 있으니 산이 내 몸에 들어앉습니다. 아니, 내가 산이 되었습니다.

20여 년 만에 만든 노래

20여 년 만에 노래를 지었습니다. 요즈음 노래를 지어보려고 이리 뒹굴, 저리 뒹굴면서 답답하기만 했는데 역시 매니저 박은 좋은 친구입니다. 매니저 박이 나에게 보내준 시를 소나무 탁자에 올려놓고, 초등학교 앞 문구점에서 산 음악 공책에다 그려 넣었습니다. 그렇게도 머리를 쥐어짜도 나오지 않던 악상이 순식간에 그려졌습니다. 숨 가쁘게 그려놓고 연주해봤는데요, 훌륭(?)합니다. 창작이란 게 오르가즘과 비슷해서 내일 아침에는 허탈, 허무할 지도 모르겠지만, 오늘밤만은 최고입니다.

20여 년 만에 맛보는 기분입니다. 새벽, 마당에 서서 큰소리로 외칩니다.

종욱아~ 고맙다~.

앞산에 부딪혀 쩌렁쩌렁 울립니다. 그런데 '종욱아' 이름을 부르자 울컥한 게 올라옵니다. 아직도 그리운가 봅니다. 실은 뭐라고 웅얼거리며 조금 울었습니다.

나쁜 놈, 함께 수다를 떨 수 있으면 얼마나 좋아…….

동그라미를 그립니다

하늘이 파랗습니다.

길 옆에서 흔들리는 코스모스.

산에서 내려오는 사람들에게는 버섯 냄새가 짙게 배었습니다.

늦밤들은 이제야 벙글어집니다.

홍시들이 붉게 물들어갑니다.

청승!

강바람 냄새에 울컥해집니다.

벌레 먹은 홍시는 바람이 불지도 않았는데 덜푸덕 떨어집니다.

방아깨비들도 풀밭에서 누렇게 익어갑니다.

잔디는 푸석해졌습니다.

구절초, 취꽃, 고들빼기 쑥부쟁이 꽃이 피었습니다.

오늘도 난 느리게 걷기 위해 숲에 듭니다.

나무를 찬찬히 읽어봅니다.

올 한 해를 마무리하면서 꽃눈과 싹눈이 꼼꼼히 기록한 일을

제 몸 깊숙이 동그랗게 한 페이지로 새겨 넣겠지요.

나도 동그라미를 그립니다.

그, 따뜻했습니다

날이 많이 차가워졌습니다. 방바닥이 돌 소재여서 여름에는 시원하지만 한여름만 지나면 찬 기운이 뼛속으로 슬슬 기어들어옵니다. 대신에 빨리 데워지지 않지만 한 번 데워지면 온기를 오랫동안 머금고 있기도 하지요.

손님이 오셨다 갔습니다. 차가우니 방석 위에 앉으라고 했는데, 한사코 괜찮다며 돌 바닥 위에 앉아 차를 마시고 갔습니다. 그가 떠난 지 한참이 지났는데, 방을 걸어다니다가 그가 앉았다 간 자리를 딛게 되었습니다.

따뜻합니다.

그가 온기를 남겨놓았습니다. 그가 앉았다 간 자리에 앉아 보았습니다. 누구나 사는 동안은 세상을 데우고 있는 거구나, 생각했습니다. 방바닥이 별로 맘에 들지 않아 투덜거렸는데, 오늘만큼은 제 값을 톡톡히 해냈습니다.

그, 따뜻합니다.

연기론(緣起論)과 잡초들

올해는 잡초제거 작업을 소홀히 했습니다. 비도 많이 왔고, 조각에 힘도 많이 썼던 까닭에 시간을 빼기가 힘들었습니다. 키가 커버린 잡초들이 스스로 사그라지고 있습니다. 누렇게, 갈 빛으로 녹슬어갑니다. 연기론으로 따지자면 사그라져 가는 것도 분명 어떤 연유가 있어 사그라질진대, 있는 것이 없는 것이고 없는 것이 있는 것이라 했는데……. 책으로 볼 때만 고개를 끄덕였을 뿐, 별반 느낌이 없었습니다.

사그라지는 건 잡초인데 내 맘이 허해집니다. 글쎄, 잡초와 나의 상관관계가 있었나? 그래서 스러지는 잡초 대신 내 마음이 일어나는가?

왜 잡초가 내 마음을 흔들어 놓는지 연구해봐야겠습니다.

무뎌진다는 것은

잠깐 우리 집에 들른 동네 형이 나무를 해주겠다고 기계톱을 들고 나섰습니다. 괜찮다고 몇 번이나 말렸는데도 굳이 나서더니 나무 몇 덩이 덜렁 들고 왔습니다. 기계톱의 날을 바꾸든지 아니면 날을 갈아야겠다며 어이없다는 듯 웃었습니다. 손으로 켜는 톱도 마찬가지였습니다. 톱이 잘 들지 않아 힘이 들긴 했지만, 어이없이 웃을 정도인 줄은 몰랐습니다. 톱날이 천천히 무뎌졌기 때문입니다.

톱날뿐만 아니라 사는 일도 이렇듯 나도 몰래 무뎌진 것들이 많겠지요. 따져보면 헛힘만 쓰고 사는 일이 꽤 있을 겁니다.  톱이야 기술자에게 맡기면 날을 바꾸든지 켜주겠지만 나는 누구에게 맡겨야 할까요? 오늘은 내게 무뎌진 게 뭐가 있는지 꼼꼼히 따져봐야겠습니다.

형이 가면서 말했습니다.

너, 힘은 좋은가보다!

무원탑 쌓기

또 무리를 했습니다. 허리가 아파서 움직일 때마다 에구구, 소리가 절로 나옵니다. 작업을 하든 일을 할 때 무리를 하지 않는다, 않겠다고 스스로 다짐을 받아놓고도 일단 시작하게 되면 끝장을 보고 맙니다.

드디어 돌탑 쌓는 계절. 바람도 없고, 춥지도 덥지도 않아서 돌탑 쌓는 날로는 최상의 날입니다. 탑을 쌓는 내내 꼭대기에 어떤 작품을 올려볼까 생각밖에 하지 않은, 일명 무원탑(無願塔)들. 쌓아 올릴수록 주위에 돌이 없어져 멀리서 돌을 가져와야 하기 때문에 점점 더 힘들어져 갑니다. 하지만 올 겨울에도 돌을 따라다니며 3기는 더 세워보자고 목표를 세웠습니다.

세상에는 아픈 일로 가득 차 있는데 난 오늘도 아무것도 모른 척 무원탑만 쌓습니다. 아니요, 생각하지 않으려 해도 자꾸 원이 들어갔습니다.

이렇게 바라는 게 잡다하게 많아서야 원! 기도발이 하나도 안 먹히겠습니다.

나도 갈빛입니다

똑같은 풍경일지라도 마당에서 바라본 풍경과 방에 앉아서 창문으로 바라본 풍경의 느낌은 다릅니다. 창틀에다 풍경을 가두어 놓았다는 나의 발칙한 생각 때문인지도 모르겠습니다.

비 오는 날, 차창으로 사선을 그리며 흐르는 빗방울을 바라보다가 달리는 풍경을 바라보았던, 느낌이 교차되는 경계선이 창문이 아닐까, 생각해 보았습니다.

지금 창밖 마당에는 가을 내내 나비를 불러들여 나를 흥겹게 해주었던 층꽃과 목수국, 이른 가을부터 펴댔던 구절초와 철없게도 한여름에 만발했던 국화를 바라보고 있습니다. 모두들 사그라지질 않고 마른 몸을 꼿꼿이 세운 채 꽃봉오리까지 유지하고 있습니다. 사그라져야 할 것이 사그라지지 않고 서 있으니 힘겨워 보입니다.

지금, 낫을 들고 나서봐야겠습니다.

낫질을 하지 못하고 지난 가을 꽃병에 자주 꽂았던 층꽃 취꽃 감국을 꺾어 들어와 꽃병에 꽂았습니다. 보라 하양 노랑색은 바래버리고 똑같이 갈빛입니다. 이젠 꽃병에 물을 채울 필요가 없습니다.

청승을 떨며 바라보고 있는 나도, 갈빛이겠지요.

풀씨처럼 살아볼 일입니다

산길을 걸었습니다. 쏴-아 소리에 뒤돌아보니, 솔바람이 나를 훑고 부산스럽게 앞장서 달립니다. 바람에 신난 건 풀씨들입니다. 바람 부는 대로 휘날립니다.

요즈음 산을 돌아다니다 들어오면 반드시 바짓가랑이에 풀씨들이 들러붙어 있습니다. 도깨비바늘, 도둑놈의갈고리, 진득찰……. 내 옷에 가시를 쑤셔 박고 있거나 찐득하게 달라붙어 있습니다. 일일이 떼어내려면 성가시기도 하고, 시간도 많이 잡아먹고, 손가락이 진득거려지기도 합니다.

내가 너희들의 뜻대로 고분고분할 줄 알았느냐?

떼어낸 풀씨들은 잘 쓸어 아궁이에 넣어버렸습니다.

그런데 오늘, 바지에 붙은 풀씨를 다 떼어내고 방으로 들어와 모자를 벗었는데, 모자에 붙을 만큼 붙어있습니다. 참말로 대단한 녀석들입니다. 너희들처럼 살면 이 세상에 못 이룰게 뭐가 있을까.

그래, 너희들처럼 살 일이구나! 누구의 바지춤이라도 잡고 버텨보고, 안되면 머리채라도 잡고 흔들어 볼 일이구나!

파리채를 들고 서성이다가

이 겨울에 웬 파리? 파리채를 들고 추격전을 벌이다가 문득 그런 생각이 났습니다. 난 왜 파리를 죽이고 마음에 동요가 일어나지 않지? 덩치가 큰 것이라고 큰 살생이고, 덩치가 작다고 작은 살생이 아닐 텐데, 모든 생명의 무게는 다르지 않을 텐데, 수없이 죽여 왔던 개미, 파리, 모기, 하루살이들과는 달리 쉬이 잊히지 않고 내 몸에 새겨있는 기억들이 있습니다.

초등학교 때, 집에서 기르던 닭의 모가지를 비틀어 잡고 버틸 때, 손으로 느껴졌던 바동거림. 아궁이에 빠져서 기어 나오지 못하던 뱀을 후려칠 때의 구불거림. 방에 들어온 지네를 책으로 내려치고 들었을 때의 꿈틀거림. 끈끈이에 붙어있던 생쥐의 까만 눈동자. 애벌레가 파리약을 뒤집어쓰고 괴로워하던 몸부림.

난 지금 나를 용서할 틈을 찾아보고 있지만, 방바닥에 납작이 엎드리는 것밖에 할 수 있는 게 없습니다.

시작을 다짐하는 날

낯가림을 많이 하는 내가, 술도 즐겨 하지 않는 내가, 한 해의 마지막 날을 처음 만나는 사람들과 술을 마시며 보냈습니다. 그것도 별로 즐겨 하지 않은 폭탄주로 입가심을 하고 있습니다. 세상이란 마음대로 되는 게 분명 아닙니다.

속은 쓰려 오고, 잠은 오지 않고, 술 먹은 뒤끝은 늘 그렇지만 깊은 생각 없이 주절거렸던 걸 후회하게 만듭니다. 술을 가까이하지 말아야지 해놓고 또 마시게 되고요. 언제부터였을까요? 술을 먹으면 더 잠을 못 이룬 게. 부엌을 뒤져보지만 먹을 것은 없고 속이 무척이나 쓰립니다.

일 년의 마지막 날, 혼났습니다. 가까운 선생님에게 젊은 사람이 '마지막'이란 말을 자주 쓴다고 혼났습니다. 매일, 하루하루를 마지막처럼 정리하며 살고 있는 나를 볼 때마다 내 자신이 짠해 보일 때가 있습니다. 무엇이 이렇게 조바심나게 하는지……. 폼은 있는 대로 다 잡고 산중에서 살면서…….

느긋해지지 못하는 나를 바라보며 또 한 해를 맞이합니다.

내년은 좌선을 한 채 자기부상을 하지 못하더라도 평온하고 여유롭고 순하게 살아낸 한 해가 되기를!

한 해를 시작합니다

오늘부터 새해입니다. 술 때문에 울렁거리던 속이 이제야 풀립니다. 술병처럼 시간이 지나면 점점 좋아져가는 올해가 되었으면 좋겠습니다. 일 년 동안 썼던 일기장을 뒤적여봅니다. 일상들이 더디고 지루하다고 느꼈는데 수많은 일과 함께 빠르게 지나갔습니다. 도깨비, 무익조, 시석, 산책로 공사, 신문 연재 등도 그렇지만 지난해는 조각에 많은 시간을 투자했네요. 출판을 뒤로 미루다가 책을 한 권도 출판하지 못한 것이 아쉬웠습니다. 올해는 출판에 힘쓰는 한 해로 목표를 정해봅니다.

10여 년 전에 20년 정도 지나간 일기장을 짊어지고 일기장 여행을 떠난 적이 있었습니다. 한적한 바닷가에 자리를 잡고 일기장을 읽어나가는데 도저히 기억나지 않을 일들이 많았습니다. 일기장 속에서 내가 왜 그렇게 괴로워하고 있는지 알 수도 없었고요. 아예 등장인물이 누구인지 모르는 경우도 있었습니다. 그때 느꼈던 것처럼 지금 뒤적이고 있는 일기장도 시간이 지나면서 기억에서 많은 부분은 사라지겠지요. 오늘 아무리 소중하게 생각한 일일지라도 세월이 흐르면서 모두 고만고만한 일이 되고 말 겁니다.

책상 위에 놓인 지난해 탁상용 캘린더를 집어 들었습니다. 작업실에 걸려 있던 달력도 뜯어냈습니다. 아궁이에 태워버릴 겁니다. 한 줌도 안 될 해를 보내고 새롭게 시작해봐야겠습니다.

잘못 쏠아놓은 톱

톱질을 합니다. 평상시와 같이 반듯하게 힘을 주었는데도 비스듬히 엇갈려 나갑니다. 그러니 여느 때보다 힘이 배는 드는 것 같습니다. 반듯하게 가도록 힘을 주었더니 반듯이 잘리기는커녕 울퉁불퉁 층이 지고 맙니다.

실은, 톱날을 갈아봤습니다. 작년에 동네 형한테 톱도 쏠아서 쓰는 것이란 말을 듣고는 쇠줄로 이쪽저쪽을 번갈아가며 쏠았지요. 그런데 한쪽으로 쏠리게 벼려졌나봅니다.

균형이 잡히지 않는다는 건, 엇나간다는 뜻입니다. 쏠아놓고 보니 균형이란 게 얼마나 소중한지 알겠습니다. 또 한 번 세상 사는 일을 몸으로 배웁니다.

어설프게 쏠아대는 건 균형을 흩뜨려 놓는 일입니다. 무엇보다도 어설픈 내 톱으로 세상을 함부로 재단하려 들지는 말아야 합니다.

다람쥐가 되고 싶습니다

요즈음 내 몸속에는 노래 하나가 돌아다닙니다.

키 작은 참나무 / 한 그루 서 있는 아래로 / 다람쥐 한 마리
걸어가는데 / 도토리 떨어졌다네

내가 지은 '도토리 한 알'이라는 노래입니다. 그러다 보니
도토리와 다람쥐에 대해 생각해보는 기회가 많아졌습니다.
난 다람쥐 같다는 생각도 하고, 다람쥐가 되고 싶다는 생각
도 하게 됩니다. 순전히 나의 생각이지만 다람쥐는 욕심이 많
은 동물입니다. 볼 속에 도토리를 열두 개까지 집어넣을 수
있다고 하니까요. 볼에 빵빵하게 들어차 울퉁불퉁하게 될 때
까지 욕심을 부립니다. 그리고 도토리를 열심히 땅속에 숨기
고 다닙니다. 다람쥐가 모두 기억하냐고요? 전혀 아닙니다.
깨끗이 잊어먹지요. 멍청하기가 이루 말할 수 없습니다. 겨울
에 다람쥐가 찾아 먹은 도토리는 숨긴 도토리의 일부만 우연
히 찾아 먹는 수준이랍니다. 그 뒤부터는 도토리 몫입니다.
올곧은 참나무가 되는 일, 말입니다. 스스로 싹을 틔울 시기
를 몇 년 동안 가늠하면서 기다리는 겁니다. 그러다가 결국
은 싹을 틔워보지도 못하고 썩어버리거나 말라비틀어지는

도토리도 있을 거고요.

　나도 다람쥐처럼 욕심을 욕심껏 부려 도토리를 심고 싶습니다. 그리고 심어놓은 도토리를 깨끗하게 잊고 싶습니다. 난 명석한 편은 아니어서 자연스럽게 잊을 것 같습니다. 그러니까 내가 키운 참나무인 줄도 모르는 바보 같은 다람쥐가 되어서 그 참나무에서 열린 도토리를 지극히 고마운 마음으로 얻어먹고 싶습니다. 그리고 또 심어야지요, 울창한 숲이 될 때까지요.

길이 지워졌습니다

방에 앉아서 밖을 보면 길이 꼬불꼬불 보입니다. 푸른 산
사이로 하얗게 길이 나 있습니다. 밖과 안을 연결시켜주는
소통의 흔적이지요. 오랜만에 손님이 왔다갈 때, 차 소리나
사람 목소리가 날 때, 가장 먼저 내려다보는 길입니다. 어쩔
때는 그냥 바라보는 길이고요. 그런데 그 길이 이젠 잘 보이
질 않습니다. 공교롭게도 그 넓은 산중에서 스스로 산뽕나무
가 불쑥 키를 키웠는데, 그 길을 딱 가려놓았습니다. 길이 지
워졌다고 느껴지자 아쉬운 마음이 듭니다. 하지만 산뽕나무
를 없애고 싶은 마음은 추호도 없습니다. 세월이 지나면 지
날수록 길은 없어질 것 같습니다. 그래요, 길만 바라보고 있
어서도 안 되지요. 길을 지우려고 들어온 산입니다.

자연은 보호하는 것이 아니랍니다

얼마 전 한 가족이 왔습니다. 나에게는 많은 생각을 떠오르게 하는 인천에서 왔습니다. 내 기억에는 한 톨도 남아있지 않은 나의 탯자리지만 누구에게도 나의 과거를 물어볼 수 없는 장소이기 때문입니다. 그런 까닭에 오래전에 배낭을 메고 인천을 찾은 적이 있었지요.

인천에서 온 가족의 남매와 부부, 단란한 모습이 보기 좋았습니다. 방문 목적 중 하나가 작가를 만나보는 거였다니까, 이런 저런 얘기를 나눴습니다.

숲길을 한 바퀴 돌아보려고 했습니다. 그런데 아이 한 명이 풀숲을 무척이나 두려워했습니다. 키 큰 풀이 아니었습니다. 무성한 것도 아니었고요. 하지만 발을 내딛는데 수렁을 밟는 듯 조심스러웠습니다. 언제부터인지 자연은 더럽고, 징그럽고, 두려운 것이 되어갑니다. 슬픈 일입니다. 어른들 탓이지요. 자연은 보호하는 것이 아니라 친해져야 하는 거라고 얘기를 해줬습니다. 자연이 우리한테 보호해 달라고 하진 않았으니까요. 내가 교육부 장관이라면 일 년에 며칠 동안은 어린이들에게 삽과 괭이를 들려주고 숲에서 노는 날을 만들어 놓고야 말텐데요.

쩝! 내가 장관이 될 일이 없겠지만요.

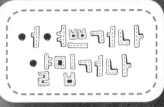

강이와 물결이

일 보러 읍에 나갔는데 순식간에 눈이 많이 내려버렸습니다. 산에 들어갈 수가 없었지요. 하는 수 없이 며칠 밖에서 보내고 집에 들어왔더니 강이와 물결이가 사라져 버렸습니다. 얼마 전부터 요 녀석들이 어디로 나가는지, 내가 나가면 녀석들도 집을 나가버립니다.

10년만의 추위랍니다. 섬진강이 흐르던 그 모습으로 멈춰서 버렸습니다. 나룻배도 얼음에 잡혀서 꼼짝도 못합니다. 겨울이 되니 모두 다 느려지거나 멈춰버립니다. 나도 계절에 맞춰가야겠지요. 겨울잠은 못 잘망정 생각도 조금만 하렵니다. 몸도 천천히 느리게 움직여야겠습니다.

수돗물도 얼어버려서 계곡에서 물을 길어왔습니다. 말이 수돗물이지 계곡물을 집안으로 끌어들여서 사용하고 있습니다. 그러니 호스가 얼어버리면 계곡물을 길어와야만 합니다.

수돗물이 얼어버린 김에 도인처럼 치기를 부렸습니다. 계곡 찬물로 이도 닦고 세수를 했습니다. 귀가 떨어져 나갈 것 같고 손과 얼굴이 시려 감각이 무뎌지더니, 풀리면서 후끈거립니다. 오늘 밤은 고구마를 삶아서 김치와 동치미로 마음을

달래기에 좋은 날입니다.

　그런데 대체 강이와 물결이는 어디에 있는 걸까요?

노루와 산책한 날

집으로 올라오는 길목이 그늘입니다. 그 길목에서 산으로 들어서는 산책로가 있고요. 눈이 녹지 않은 그 길을 따라 발자국이 나 있습니다. 새싹처럼 뾰족뾰족 노루 발자국이지요. 노루가 밟고 지나간 자리는 온기가 스며들어 발자국 모양으로 눈이 녹았습니다. 노루 발자국을 따라 걸었습니다. 걷다가 뒤돌아봅니다. 내 발자국과 노루 발자국이 나란히 걸었습니다.

둘이서 참 다정합니다.

왜?

눈이 쌓인 산에 비가 내리고 안개로 온 산이 뿌옇게 가려졌습니다. 산책을 하다가 산 중턱에서 강이와 물결이를 만났습니다. 강이는 나를 따라오는데 물결이는 강가로 내려가 버립니다.

왜?

요즈음 강이와 물결이가 집에 거의 들어오지 않습니다. 어디로 돌아다니는지 모릅니다. 집에서 밥도 별로 먹지 않습니다. 내 손에 잘 잡히지도 않던 물결이가 어제는 무슨 일인지 새벽에 들어와서 내 손에 잡혀줬습니다.

어이구, 안아줬지요.

물결이가 마당에 서서 고개를 들고 멀리서 불어오는 바람 냄새를 맡습니다. 어딘가 마냥 그리운 곳이 있나 봅니다. 녀석과 정을 붙여보려고 조기까지 끓여서 줬는데, 또 나갔습니다. 물결이만 나간 걸 보니, 강이와는 생각이 다른가 봅니다. 사람들 말에 의하면 물결이는 밤낚시 하는 사람들과 멀리 떨어진 곳에 앉아있기도 하고, 산행을 하는 사람들과 멀찍이 거리를 두고 따라다닌다는 말도 들었습니다.

왜?

아까워라 이 향기

개간했던 산에 심은 매화나무 여섯 그루. 풀베기 작업이 힘겨워 작년에는 방치해버렸는데, 늘 마음에 따라다닙니다. 잘 자라고 있을까? 산에 올랐습니다. 가시넝쿨로 뒤덮여 있어 매화나무 있는 곳까지 가는데도 한참이 걸렸습니다. 낫을 이리저리 휘둘러 길을 냈습니다. 내가 생각한 것보다 양호한  상태로, 꽃봉오리마다 빵빵하게 봄기운이 뭉쳐 있습니다. 엉켜있는 넝쿨도 풀어내고 주위의 풀과 나무들도 베어냈습니다. 올해도 거의 방치할 것이 자명한 매화나무들입니다.

매화나무야 씩씩하게 자라라, 용기를 북돋아 줄 수밖에요. 둘러보니 그중에 한 그루는 꽃을 피우고 난 뒤끝이었습니다. 옴팍지고 양지바른 곳에서 혼자서 꽃을 피우고 진 것입니다. 매화는 누구에게 보여주려고 꽃을 피운 것은 아니겠지만 저 혼자서 꽃을 피우게 한 게, 괜스레 미안했습니다. 몇 송이 남은 꽃에 코를 가져다 대봅니다.

아 아까워라, 이 향기!

배추꽃이 오종종, 피었습니다

지난 가을에 배추 모종을 심었습니다. 모종은 바닥에 바싹
엎드려 추운 겨울을 보냈습니다. 눈 내리면 온몸으로 받아내
었다가, 날 풀리면 움찔거리기를 반복했지요. 아니, 크는지
마는지 관심 밖에 있다가 날이 풀리자 배추가 눈에 들어왔습
니다. 나보다 먼저 산새가 쪼아 먹고, 나도 성한 몇 잎 뜯어다
가 쌈을 싸먹었지요. 달착지근한 게 아삭, 씹히는 맛이 별스
러웠습니다.

그리고는 다시 내 관심 밖으로 밀려났는데요 글쎄,
꽃대를 쑤욱 밀어 올리더니 꽃을 피워내기 시작했습니다.
배추가 이렇게 이쁜 꽃을 피울 줄 몰랐습니다.
말끄러미 바라보다, 꽃대 몇 개 꺾어 꽃병에 꽂았습니다.

　며칠 지나자, 꽃병 아래에 떨어진 꽃잎으로 노랗습니다.

　겨울 끝자락에 내 입맛을 돋우던 배추가 오늘은 내 마음을
돋우고 있습니다.

　노랑꽃에 코끝을 대봅니다.

　수수하게 맛있는 냄새가 납니다.

　노란 봄동 배추꽃, 고맙습니다.

고라니 울음소리를 기다립니다

요즈음 밤이 깊어지면 고라니가 울어댑니다.

왜-액, 왜-액.

얼굴은 순하게 생겼지만 얼굴과 다르게 고라니들은 쉰 목소리로 울어댑니다. 목소리는 얼마나 큰지 밤에는 산이 쩌렁쩌렁 울립니다. 고라니 울음소리를 처음 들었던 작년에는, 저것이 뭔 소리여?

강이와 물결이는 자지러지게 짖어대며 씩- 씩- 거렸는데요, 나도 무슨 일일까 궁금한데 개들은 나보다 더했겠지요. 그런데 올해는 나도 개도 꿈적도 안 했습니다.

달빛 좋은 마당가를 서성였을 뿐이지요.

최소한 친해지진 않았어도 무뎌졌다는 뜻인가 봅니다.

그런데 문득 이런 생각이 들었습니다. 고라니들은 저 소리로 서로를 위로한단 말인가? 꼭 목에 가시라도 걸린 듯 찢어지는 소리를 지르는데, 피식 웃음이 나왔습니다. 모두들 마음이 동하는 곳은 따로 있는 게지, 생각했는데 그게 아니었습니다.

오늘, 고라니 울음소리가 들리지 않자, 기다리고 있습니다.

나도 몰래 익숙해졌던가 봅니다.

아마도 그 녀석들, 앙증스러운 새끼에게 젖을 물리고 있는 중인지도 모르겠습니다.

강이가 새끼를 뱄습니다

강이가 임신을 했습니다. 물결이와 집 나간 지 두 달이 넘었는데, 강이만 2주 전부터 들어와 나가질 않습니다. 배가 뚱뚱한 걸 보니 새끼를 밴 것이 분명합니다. 산 넘어 동네에서 개 세 마리를 데리고 나가 며칠간 들어오지 않는다고 동네 사람들이 싫어하는 눈치였는데 연애 중이었나 봅니다. 요것이 입덧을 하는지 꿀떡을 줘도 안 먹고, 비린 것을 삶아 줘도 안 먹고, 멸치하고 밥을 말아주면 멸치만 골라 먹어 버립니다. 걱정입니다. 산중에서 뒷바라지를 잘할 수 없는 처지이고 보니 축하해줄 수가 없습니다. 진드기 잡아주는 것만으로도 벅찰 일인데요. 어차피 새끼를 뱄으니 딱 한 마리만 낳았으면 좋겠습니다.

이상한 소리가 납니다

오늘 밤도 이상한 소리가 납니다.

부엌에서 삐- 삐- 소리가 났습니다.

오늘은 확실합니다.

쥐가 들어왔나?

맨 먼저 쥐가 생각났습니다. 쥐를 좋아하는 사람은 없겠지만 난 쥐를 참말로 좋아하지 않습니다. 부엌으로 살금살금 다가가 귀를 기울여보았습니다. 싱크대 환풍구에서 소리가 납니다.

에잇!

환풍기와 조명등을 같이 켰습니다. 삐약삐약, 병아리 소리였습니다. 귀 기울여보니 새가 둥지를 튼 것 같습니다. 지붕 아래에 붙어있는 환풍기까지 들어갈 놈은 새밖에 없으니까요.

그럼 안 되는데……. 환풍구를 툭툭 쳐보기도 하고, 환풍구 스위치를 켰다, 껐다, 작동시켜보기도 하고, 못살게 굴면서 밖으로 나가라고 시위를 했지요. 하지만 새들이 짐 싸 들고 이사갈 순 없을 것 같습니다. 착한 집주인 아저씨가 되기로 했습니다. 함께 살기로 마음을 고쳐먹었습니다. 고것들이 다 크면 날아갈 테니까요. 저 녀석들이 나가면 환풍구를 기역자로 구부려 놓을 참입니다.

소쩍새한테 했던 실수는 하지 않을 겁니다

요즈음 마당에 꿩이 자주 내려와 앉습니다. 이번에는 소쩍새와 같은 실수를 하지 않을 것입니다.

작년에 혼자 있기에는 심심하게 달 밝은 날. 소쩍새가 뒤껼에서 울기 시작했습니다. 소쩍새한테 장난 좀 치기로 했지요. 뒤껼으로 난 문고리를 잡고 하나, 둘, 셋!

왁- 소리를 지르며 문을 활짝 열어젖혔습니다.

조-용. 깊은 산중에서 나름대로 재미있는 놀이였습니다. 그렇게 몇 차례 놀려먹었더니, 소쩍새가 뒤껼에 머물지를 않고 어딘가로 가버렸습니다. 멀리서 소쩍새 울음소리가 들려올 때마다 얼마나 후회를 하고 있는지 모릅니다. 있을 때 잘하라는 말을 뼈저리게 느끼고 있는 요즈음입니다.

마당에 내려앉은 꿩을 바라봅니다. 날마다 오는 녀석인 줄 금방 알아볼 수 있습니다. 다리를 절고 있으니까요. 자운영 씨앗과 어린순을 따먹으며 돌아다닙니다. 밖에 나가보고 싶지만, 창문으로 지켜보면서 꿩이 갈 때까지 기다려줍니다. 난 저 녀석하고는 우리 집 마당을 함께 쓰기로 맘먹었습니다.

배신자 꿩

오늘은 비 온 뒤끝인지라 앞산이 가깝습니다. 푸른빛도 짙어질 대로 짙어졌습니다.

나 몰래 다녀갔는지 마당에는 고라니 발자국도 많이 찍혀 있습니다. 요즈음은 꿩이 우리 집 마당에 자주 내려앉습니다. 난 녀석과 친해져 보려고 노력하고 있습니다. 혹시 놀랄까 봐 방에서도 조심히 움직였는데, 지금 배신감에 가득 차 있습니다.

300미터 정도의 길가에다 길 따라 옥수수를 심었습니다. 뙤약볕 아래에서 쪼그리고 앉아 심고, 물을 주면서 가을의 너풀거리는 옥수수 길을 꿈꿨습니다. 당연히 옥수수를 쪄 먹을 꿈도 꾸고요. 아- 그런데 말입니다. 물을 주려고 물뿌리개를 들고 나섰는데, 옥수수를 심은 자리마다 뽕뽕 구멍이 뚫려 있

습니다. 한 곳도 남김없이 파먹어 버렸습니다.

난 지금 시큼한 꿩 고깃국을 떠올리고 있습니다.

풀 풀 풀

누가 심지도 가꾸지도 않았는데 들풀들이 요란스럽습니다. 올해는 비가 자주 와서인지 키도 건중건중 크고 시퍼렇게 튼실합니다. 저것들을 보고 있으면 한숨이 저절로 나옵니다. 어린 나무들을 심었는데 들풀들 틈에서 잘 견뎌낼까 의문스럽기도 하고요. 어린 나무들한테 잘 커보라고 거름을 했는데 풀들만 잘 크고 있습니다.

농약은 어떠한 일이 있더라도 하지 않겠다고 버텼는데요. 지금 고민하고 있습니다. 한판이면 끝나는 건데……. 그럼에도 회초리만한 어린 묘목(감·매실·밤·호두·배·살구)이 힘을 내어 어느덧 내 키를 두 배나 넘어선 나무도 있습니다. 올 가을부터는 열매가 달릴 수도 있다는 기대를 해봅니다.

저 징한 풀들을 생각만 해도 뜨거운 흙냄새와 함께 훅- 올라옵니다.

좋다, 누가 이기나 싸워보자!

협상의 여지가 없는 칡

초등학교 다닐 때 친구들이 겨울이면 칡을 학교에 가져오곤 했습니다. 그때는 꽤 인기 있는 주전부리였지요. 난 읍내에 살았고, 산으로 나무를 하러 다닐 필요가 없는 환경이었기에 칡을 직접 캘 수 없었습니다. 그러니 얻어먹는 수밖에 없었는데, 친구들과 잘 어울리지도 못하는 내성적인 성격인 까닭에 바라보고만 있었지요. 그럼에도 옛날 인심은 인색하지만은 않아서 가끔 친구들이 나눠주는 걸 받아먹었습니다. 이렇게 나에게 칡은 아련한 추억이 서려 있는데요. 산에 들어와 살면서 칡은 완전히 이미지 변신을 했습니다.

올들어 처음으로 예초기를 들고 나섰습니다. 오랜만에 작업을 해서인지, 1년 더 늙어서인지. 허리가 뻐근하고 팔은 후들거립니다. 칡넝쿨이 이미 나무들을 친친 감아났습니다. 어린 나무들의 적인 칡. 정말로 징그러 죽겠습니다. 비만 한 번 왔다 하면 얼음땡 놀이하듯 뒤돌아서기만 하면 달리기를 해대는 녀석들과 협상의 여지는 없습니다. 나와 영원히 대결을 벌여야 할 대상일 뿐입니다.

순산을 했습니다

강이 배가 터져버릴 것만 같습니다. 어쩌자는 것인지 풀매고 있는 내 앞에 벌러덩 누워버립니다. 한 마리만 낳았으면 싶었는데 배를 보니 다섯 마리는 들어있는 듯합니다. 이젠 뒷발로 긁어대던 목을 긁을 수도 없습니다. 목이 가려우면 허공에다 헛발질을 해댑니다.

생선식당에서 얻어온 개밥이 떨어져 버렸습니다. 난 담배 상추에다 된장 찍어 먹고, 강이한테는 참기름, 된장, 쇠고기 양념에 튀김을 잘게 썰어 비벼줬는데 튀김만 골라 먹고 맙니다.

어떡하든 밖에 나가지 말고 집에서 새끼를 낳았으면 좋겠습니다. 지금 가장 불안한 건 혹, 새끼를 산속에서 낳아서 모두 들

짐승을 만들지 않을까, 걱정입니다. 어쨌든 요즈음 밖을 거의 나가지도 않은 걸 보니 집에서 새끼를 낳을 것 같습니다.

새벽 1시경부터 낳기 시작했습니다. 흰둥이와 바둑이가 엉클어져 있습니다. 집을 굴같이 만들어줘서 고개까지 들이밀고 봐야 합니다. 몇 마리인지 보기 위해서 새끼를 뒤적거렸습니다. 그런데 이 녀석이 못 만지게 머리로 내 손을 막습니다. 으르렁대기까지 합니다. 한 마리만 낳기를 바랐는데 무려 일곱 마리입니다. 이 녀석이 나한테 앙갚음을 하고 있는 것 같습니다. 먹먹할 뿐입니다. 밥을 문 앞까지 대령해도 먹으러 나오질 않습니다. 손으로 집어서 넣어주면 그때야 먹습니다. 밥을 입에 넣어주고 살며시 새끼를 만지려 하면 못 만지게 합니다.

어린 물고기들

세수하러 골짜기로 내려가 웃옷을 벗는데 계곡에서 꽃향기
가 진하게 납니다. 고개 들어보니 따글따글한 모습으로 자란
때죽나무입니다. 하얀 때죽나무꽃들이 대롱대롱 매달린 채
향기를 내 몸에 쏟아붓고 있습니다.

흐르는 물에 세수도 하고 머리를 감는데 물고기들이 모여
들었습니다. 이 작은 골짜기에서 사람이 머리 감는 일은 생전
에 몇 번 있을까 말까한 구경거리일 테니까요. 물론 모여든
물고기들은 세상 때 타지 않은 어린 물고기들이었습니다. 사
람이나 물고기나 같습니다. 어른이 되면 세상살이에 별로 궁
금할 게 없어 시큰둥해지지요. 하지만 오늘 만난 어린 물고
기들, 몇날며칠 동안은 내가 머리 감던 이야기로 심심하지 않
을 겁니다.

애틋한 소리들

해가 넘어가자마자 호랑지빠귀 어미가 새끼를 부르며 날아다닙니다.

새끼가 한 옥타브 높게 대답합니다.

휘유~.

삐유~.

새벽 3시, 고라니인지 노루 새끼인지 울어 젖힙니다. 어미가 때어놓고 어디를 갔나 봅니다. 왝- 왝- 새끼 울음소리도 탁하긴 어미와 다름없습니다. 그래도 새순처럼 새롭습니다.

창고에서는 강이 새끼가 낑낑댑니다.

어두운 밤, 깊은 산중에서 새끼 키우느라 수선스럽습니다.

새끼들이 사라졌습니다

새끼들이 사라졌습니다. 강이는 내 앞에 있는데, 새끼들만 사라진 겁니다. 아직 눈도 못 뜨고 귀도 꽉 막혀있는 새끼들인데 단체로 산책 나갔을 리는 없지요. 강이 짓이 분명합니다.

관심 없는 척 강이를 살펴봅니다. 내 앞에서 뒹굴고 장난을 걸어와도 모른 척합니다. 심심했는지 뒷산으로 오릅니다. 잽싸게 따라갔지만 금세 사라졌습니다. 애타게 불러봐도 나타나질 않습니다.

새끼 찾기를 포기하고 뒷산의 덤불을 정리하기로 했습니다. 낫으로 이리저리 쳐나가며 정리를 했습니다. 잡목들은

가꾸지 않아도 왜 이리 잘 크는지. 한 해만에 내 키보다 훨씬 커버렸습니다. 그런데 말입니다. 뒷산에 커다란 소나무 한 그루가 지난 태풍에 넘어졌는데, 그 소나무 둥치로 가려진 바위 굴 틈으로…… 오물거리는 게 있습니다.

"강이야! 야 임마, 강이야!"

듣는 척도 하지 않고 혀를 내밀고 헉헉거리고 있습니다. 눈까지 지그시 감고, 더웠나 봅니다. 바위에 기대어 새끼들을 품고 있습니다. 웃옷으로 보따리를 만들어 새끼들은 싸맵니다.

허걱! 다시 보니 일곱 마리가 아니라 여덟 마리네요. 바둑이 네 마리와 흰둥이 네 마리입니다. 잘 키워낼지, 걱정이 조금 더 커졌습니다.

얄미워 죽겠습니다

꿩, 저 녀석을 어떻게 해야 할까요?

녀석들이 다 파먹어 버리고 몇 알갱이 남아있던 옥수수가 뒤늦게 움이 텄는데요. 고것까지 모조리 뽑아 놨습니다. 어린 옥수수들이 뿌리를 허옇게 드러내놓고 누웠습니다. 옥수수 알갱이가 먹을 만한지 확인하기 위해서였나 봅니다.

요것들이 얼마나 얄미운 짓을 하는지 모릅니다. 내가 밖으로 나가면 못 볼 것이라도 본 양 꿔꿔꿔꿔 요란스럽게 소리 지르며 날아갑니다.

혹시······.

아는 사람 있을까요?

꿩 잡는 법?

강이가 또 새끼들을 숨겼습니다

어제부터 나무를 심습니다. 아는 분이 제법 큰 나무들을 줬습니다. 섬잣나무, 계수나무, 회양목, 동백나무를 산에 심었습니다. 상처가 있는 나무는 상처 부위를 도려내어 새살이 차는 걸 도와주고 지저분한 녀석은 깔끔히 다듬어 주었습니다. 나무를 옮겨 심는 걸 도와주던 친구가 가지를 뭉텅뭉텅 잘라냈습니다. 구경하고 있는 나에게 묻지도 않는 말을 합니다.

"뿌리를 잘라낸 만큼 가지도 잘라내야 부대끼지 않지. 보기가 싫더라도 사는 게 먼전께."

마음에 와닿는 말입니다. 모두 움켜쥐려다가 모두 잃어버린 꼴을 당한 적이 있었으니까요.

오늘 단비가 내립니다. 옮겨 심은 나무들 때문에 걱정이었는데, 비가 반갑습니다.

그런데 문제가 생겼습니다. 강이가 또 새끼들을 데리고 나갔습니다. 어제 나무를 심기 위해 포클레인을 불렀는데, 시끄러웠던 소리에 불안했던가 봅니다. 혹시나, 뒷산 바위굴을 들여다봤는데, 없습니다. 걱정도 되고 화도 났지만 짠한 마음도 들었습니다.

개들도 지새끼들을 저리 귀하게 여기는구나!

그렇지 못한 사람들도 종종 있으니까요.

주인 행세를 했습니다

생각날 때마다 강아지를 찾으러 뒷산으로 올라갑니다.

"오요요요, 오요요요."

강아지를 찾아내려고 혀 굴리는 소리를 내면서 다닙니다.

푸하하하하, 드디어 강아지들이 귀가 터진 겁니다. 뒷켠 돌무더기가 있는 곳에서 내가 부르는 소리에 강아지들이 낑낑대며 굴 밖으로 모두 나옵니다. 또다시 웃옷을 벗어 여덟 마리를 싸매고 내려왔습니다. 강이가 다시 새끼들을 옮기려 하는 걸, 살살 달래났습니다. 3주 만에 처음으로 내가 강아지들의 주인 행세를 합니다. 진드기도 잡아주고, 벼룩도 잡아주고, 까불려보기도 합니다.

그런데 가슴이 철렁 내려앉습니다. 강이가 아픕니다. 눈은반 정도 감고, 걸을 때는 뒷발이 앞발을 따라가질 못해 흔들립니다. 이걸 어쩝니까?

에이, 쏙독새 같으니라고!

어둠이 내릴 무렵, 창 옆에서 쏙독새가 우렁차게 지저귑니다.

쏙쏙쏙쏙쏙쏙쏙쏙

소쩍새가 뒤꼍에서 떠나버린 것이 생각나서 조심합니다. 불을 켜지도 않고, 창문을 닫지도 않고 기다려줍니다. 방안에서도 조용히, 조심히 움직였는데……. 잠시 뒤에 지저귀는 소리가 불안해지더니 조용해집니다.

아쉽지만 불을 켜고 밥을 먹습니다. '아삼풍오' 밥을 먹다가 갑자기 생각난 말입니다. '아껴서 먹으면 세 개, 풍족하게 먹으면 다섯 개', 풋고추 말입니다. 혼자 밥 먹는 사람들에게 소중한 반찬이지요. 특히 나같이 풋내 나는 걸 좋아하는 사람에게는 풋고추, 생각만으로도 상큼해집니다.

새벽 5시? 6시? 얼핏 잠들었는데 지가 자명종입니까? 창문에 대고 쏙독새가 엄청나게 큰 목소리로 고함을 쳐댑니다.

쏙쏙쏙쏙쏙쏙쏙쏙……

할 수 없이 일어나 창문을 드륵륵 열어서 쫓아버리고 다시 잠을 청했습니다. 에이, 쏙독새 같으니라고!

오늘은 소쩍새뿐만 아니라 꿩까지 난리부르스입니다.

꿩 꿩!

오늘은 다 잤습니다.

판정승을 거두다

스스로 판정승을 거뒀다고 생각합니다.

꿀을 베면서 아래 마당에 들어섰는데 내 앞에서 갑자기 꿩이 날아올랐습니다. 멍하니 서서 바라볼 수밖에 없었습니다. 일곱, 여덟 마리? 솜털은 벗은 꺼병이들입니다. 몇 마리는 날아오르고 몇 마리는 달려서 도망갔습니다. 그때 문득 생각이 들었지요. 내 앞에 몇 마리는 아직 남아 있을 거란 생각. 꿩들은 종종 그랬거든요.

요 녀석들은 몸을 숨기고 모른 척 기다려보는 습성을 가지고 있습니다. 몸이 무거워 바로 날아오르는 게 능숙하지 못하니까요.

마음에 준비를 하고 하나, 둘 셋!

와 와.

난 고함을 지르며 돌진했습니다. 두 마리가 바로 내 발 앞에서 날아올랐습니다.

푸하하하 짜식들! 놀랬을 겁니다. 오늘은 꿩하고의 대결에서 판정승을 한 게 명명백백합니다.

난 오늘 하루 종일 흐뭇합니다.

어떡하지요?

어제는 강이가 숨을 몰아쉬며 몸을 가누질 못했습니다. 드러누운 채로 몸이 경직되어갔습니다. 다리를 주물러주며 강이야, 부르면 무거운 눈꺼풀만 들어 올렸습니다. 새끼들 주려고 사간 우유를 줘도 꿈쩍도 하지 않습니다.

이 짧은 시간에 내가 왜 이러지요? 강이를 어디에다 묻어줄까, 새끼들은 어떻게 키울까, 생각하고 있습니다. 그런데 강이가 우유를 몇 모금 핥더니 기운을 챙겼습니다. 기운이 돌자마자 새끼들한테 가 젖을 물립니다. 화가 납니다. 새끼가 뭐라고!

강이는 선 채로, 숨을 헐떡이면서 젖을 빨렸습니다. 젖꼭지가 총 열 개지만 가장 위에 있는 두 개는 있으나마나 폼으로 달린 것이고 젖이 나오는 꼭지가 총 여덟 개이니 서서 젖을 빨리지 않으면 한 마리당 젖꼭지 한 개씩 주어지질 않습니다.

그런데 강이가 요즈음 왜 이렇죠? 흙을 파먹곤 하는데, 강이 상태와 관련이 있는 것일까요? 어떡하지요?

집 한 채가 더 생겼습니다

마당 한쪽에 집을 한 채 짓고 이사를 온 이웃이 생겼습니다. 난 낯설어할까 봐 기웃거리지도 않을 것이며(사실은 기웃거렸음) 마당 한 편을 아예 통째로 내주기로 했습니다. 가느다란 풀줄기를 어찌 그렇게도 이쁘게 말아놨던지요. 내 주먹만한데, 동글동글하게 말아서 풀숲에 짱짱하게 엮어놓았습니다. 폭풍우가 몰아치더라도 분명 끄떡없을 것입니다. 나도 아직은 새로 이사를 온 그 식구들의 얼굴을 보지 못했습니다. 언제 이사를 왔는지도  모릅니다. 당장이라도 달려가 손을 마주잡고 흔들어 주고 싶지만 먼저 청해 올 때까지 기다리기로 했습니다.

그런데 내가 먼저 다가가 청할 것만 같은 생각이 자꾸 듭니다.

강이가 사라졌습니다

강이가 사라진 지 사흘째입니다. 새끼를 낳고 난 뒤로는 단한 차례도 집을 나간 적이 없었는데요. 혹시나? 강이가 사라진 날, 아래 마당 길 가운데서 산 짐승 똥을 치웠습니다. 육식성 동물 똥이었습니다. 똥이 완전히 짐승 털 덩어리였으니까요. 새끼까지 있는 강이가 그 녀석을 그냥 보고만 있진 않았겠지요. 끝까지 추적해서 싸웠을 것이고, 그만, 새끼들을 지키기 위해서 제 몸을? 그렇게 되었어야 합니다. 그러니까 강이는 이제 집에 들어오면 안 되는 겁니다. 이제야 들어오면새끼 버리고 집나간 년이 되잖아요.

하루의 시작을 강이 생각으로 시작합니다. 아침에 일어나오줌 싸러 마당에 나서면 강이가 나를 반기면서 따라와 내오줌 싸는 옆에 서 있어야 하는데, 아침마다 허전합니다. 없는 줄 뻔히 알면서도 먼 산부터 가까운 산까지 휘- 둘러봅니다. 강이가 없습니다. 오래도록 그럴 것 같습니다.

강이를 기다리는 건 포기하고 이제부터 내가 새끼들을 키워야할 것 같습니다. 새끼들은 하루가 다르게 몸놀림이 빨라집니다. 저희들끼리 장난도 치고, 앙칼지게 짖어대기도 합니다.

암! 그래야지, 엄마가 없다고 힘 빼고 있으면 안 되지!

그러면 안 되지!

달맞이꽃

　밤에 산으로 들어가는 경우가 종종 있습니다. 강변길을 천천히 운전하며 오르다 보면 불빛이 비춰주는 길만 바라보며 갑니다. 하기야 주위가 캄캄하니 주변 풍경은 바라보고 싶어도 바라볼 수가 없습니다. 어쩌다가 달빛이 좋아 강물을 바라볼 수 있을 때는 차를 세워놓고 바라보다 갑니다. 하늘에 떠 있는 달보다 강물에 떠 있는 달이 더 밝거든요.

　요즈음은 내 키만큼 커버린 달맞이꽃이 한창입니다. 그리 화려한 꽃은 아니지만 불빛에 비친 노란 꽃잎들을 바라보면 마음이 포근해집니다. 참 다정한 꽃입니다. 달은 이미 서산으로 넘어가 버렸고 달맞이꽃만 환합니다.

　사랑하는 사람을 기다리다 죽어버린, 사랑하는 이가 들여다 봐주자 그때야 피어난 꽃 이야기를 품고 있지요. 오늘은 내가 봐주어서 피어난 꽃들입

니다. 가끔은 이렇게 꽃들이 나를 다른 세상으로 데려가기도 하지요.

천천히 운전을 합니다. 내가 모두 쳐다봐 줘야 피어날 수 있으니까요.

고개를 끄덕이며 서 있는 달맞이꽃의 마중을 받으며 산으로 오릅니다.

비포장 길과 가장 어울리는 꽃입니다.

강 안개도 강물 따라 몸을 풀고 있고요.

정정당당한 대결을 위해서

거의 두 달 만에 밤밭에 들어갔습니다. 최소한 칡넝쿨은 풀어줄 요량이었는데 풀이 너무나 무성해져 예초기를 휘두르며 다녀야만 했습니다. 동물들이 쉬었다 간 자리가 여기저기에 옹송그려져 있습니다. 둠벙가에서는 쉬고 있던 노루가 놀라 허둥대며 도망갑니다.

드디어 꿩에게 복수할 수 있는 완벽한 기회가 왔습니다. 예초기를 휘두르고 다녔는데도 도망가지 않은 것입니다. 바보 같은 녀석이 예초기질로 제 몸이 환히 드러나서야 내 발 옆에서 도망간 겁니다. 까닭이 있었던 거지요.

하, 꿩이 비켜선 자리에 알 여섯 개! 알을 품고 있었습니다. 얼른 주워 올렸지요. 뺨에다 가져다 대보았습니다. 꿩의 온기, 따뜻합니다. 내 이 녀석들을 삶아 먹어버리리라! 메추리알 보다 조금 더 큰 알.

프라이를 해 먹어버려?

이리저리 살피는데 이상합니다. 알에 조그마한 구멍이 나 있습니다. 어? 나머지들도 금이 가 있습니다. 모두 팥알만하게 깨져있습니다. 꺼병이들의 숨구멍입니다. 하늘도 무심합니다. 복수의 기회를 이런 식으로 주다니!

복수는 다음 기회로 넘기기로 했습니다. 알을 그 자리에 그

대로 놔두고 예초기에 잘려나간 풀 대신 나뭇가지를 꺾어 덮어 뒀습니다.

정정당당한 대결을 위해서 잠시 기다려주기로 했습니다.

오이에서 찾아낸 진리

잠깐 비가 그친 틈을 이용해 낫을 들고 나섰습니다. 풀을 베고 뒤돌아서면 금세 목을 들고 일어서는 징그럽고 징그런 풀들. 내년부턴 제초제를 뿌려버려야지, 오늘도 생각해봅니다. 습한 날씨에 몸을 움직이니 금세 땀으로 옷이 젖어듭니다. 풀을 치는데 문득 덩어리가 굴러 떨어집니다. 심어놓고 잊어버린 오이, 오이 한 덩이가 낫날에 잘려 나온 겁니다. 나이가 제법 들어 뭉툭하게 황톳빛으로 익은 오이였습니다. 땀범벅이 된 채 한 입 베어 문 맛. 코를 찌르는 오이의 상큼한 냄새는 형용할 수 없는 맛이었습니다.

오이 넝쿨을 뒤적여봅니다. 아직 줄기에 붙어있는 반은 저

녁거리로 챙기고 혹 또 없는지 뒤적여보니 노란 오이꽃 몇 개와 내 새끼손가락보다 작은 오이 두 개가 오돌토돌 앙증맞게 붙어 있습니다. 나에게 한동안은 관심을 듬뿍 받는 녀석이 될 것 같습니다.

넝쿨식물들만 보면 쥐어뜯고 싶지요. 잠깐 한눈을 팔면 어김없이 나무들을 친친 감고 올라서니까요. 그것이 그들의 삶의 방편이라 해도 남을 해하면서 사는 행태가 가없이 못마땅했습니다. 넝쿨식물들에게 감긴 나무는 도망칠 수 없기에 살이 움푹 패여 들어갈 수밖에 없습니다. 결국은 꼼짝없이 질식을 당하고 맙니다. 그런 까닭에 주기적으로 낫을 들고 나무 사이를 한 바퀴씩 돌지 않으면 안 됩니다.

오이를 하나 따먹고는 넝쿨에 대한 생각이 조금 바뀌었습니다. 오이를 우적우적 씹으면서 넝쿨이 주위의 잡목들을 잘 잡고 버티는지 바라보고 있었던 것입니다. 오이 하나가 나의 고정 관념을 깨는 순간이었지요. 내 입장이 아니라, 넝쿨의 입장에서 보게 해주는 순간이었습니다. 이제 나에게 오이는 향긋한 맛도 맛이지만 입장 바꿔 생각하게 하는 음식이 될 것 같습니다.

나비가 되었습니다

일어나자마자 커튼을 걷습니다. 눈앞에 장관이라니! 산호랑나비가 충꽃이 무너질 만큼 붙어 있습니다. 어제 종이에 꿀을 발라준 게 온 산골로 소문이 난 것인지도 모르겠습니다. 세어보니 산호랑나비 얼다섯 마리에 표범나비와 노랑나비가 각각 한 마리, 총 열일곱 마리가 붙어 있습니다.

거실에 앉아 밥 먹는 것도 잊어버리고 구경합니다. 조금 떨어진 곳에도 충꽃이 피어있는데, 유달리 거실 앞에 핀 꽃으로 모두 모여들었습니다. 나비에게 다가가보고 싶어집니다.

조심히, 충꽃 앞으로 다가가 앉았습니다. 나비들이 나를 개의치 않습니다. 조금 더 나비 앞으로, 그래도 개의치 않습니

다. 살며시 입김을 불어봅니다. 날개가 입김에 떠밀립니다. 내 입김을 산바람 정도로 취급해 버립니다. 꽃을 꽉 붙잡고 떠밀리지 않으려 합니다. 난 더 과감해집니다. 손가락으로 날개를 살살 건드려봅니다. 더듬이를 쓰다듬어봅니다. 어떤 녀석은 귀찮은 듯 휙 뛰어올랐다가 옆 꽃으로 내려앉습니다. 내가 나비가 되었습니다. 장자만 나비가 되는 건 아닙니다.

난 입이 헤벌쭉 벌어져 닫히질 않습니다.

그렇게 놀고 있는데 제비나비 한 녀석이 무슨 일인가 싶어 푸르릉 달려옵니다.

숲속 친구들

거실 앞 층층이꽃은 할 일을 거의 끝냈습니다. 꽃대마다 14층에서 많게는 18층까지 올려놓았습니다. 그렇게 높다랗게 꽃대를 올리느라 많이 힘들었을 겁니다. 태풍이 왔을 땐 모두 땅바닥에 누워버려 안타까웠는데 다음날 벌떡 일어나 있어서 얼마나 대견스러웠는지 모릅니다. 하지만 이제 어쩔 수가 없습니다. 나이가 빵빵이 찼거든요. 내년에도 올해처럼 피어오를 거라고 한 치의 의심도 하지 않습니다. 가장 위 두개 층만 꽃이 남아있습니다. 나비도 벌도 눈에 띄게 줄었습니다. 거의 두 달 동안 나를 즐겁고 포근하게 해준 꽃입니다. 무엇보다도 꽃에 날아든 나비 벌들과 친구로 만들어준 것에 대해 감사합니다.

꽃 앞을 오가며 나비와 벌을 슬쩍슬쩍 쓰다듬고 다녔습니다. 심심할 땐 나비 앞에 쪼그려 앉아 혹- 입김을 불어댔습니다. 조심히 입술을 가져다 대보기도 했습니다. 손가락 위에 올려도 보았습니다. 겁 없이 호박벌 옆구리를 뜩- 뜩- 긁어주기도 했습니다. 호박벌은 늘 자신감이 넘치고 먹보인 까닭에 식사 중에는 절대 도망가지 않는다는 것도 알았습니다. 올해뿐만 아니라 언제까지나 층꽃은 나에게 특별한 꽃일 겁니다.

두더지의 승리

우물 옆 길을 가로질러 땅이 들썩여져 있습니다. 3년 동안 똑같습니다. 나는 그곳을 지날 때 땅을 다지느라 밟고 다니지만 여전히 푸석하게 땅을 들썩여놓습니다. 두더지의 길이기 때문입니다. 지금까지 산에 살면서 두더지의 얼굴을 딱 한 번 봤습니다. 예전 강이와 함께 살 때 강이가 잡아낸 걸 본 것이 처음이자 마지막입니다. 비탈진 땅에 구멍이 나 있으니 큰물 질 때 사태가 날까 봐, 꽤 신경이 쓰입니다. 그래서 난 두더지가 탐탁지 않습니다.

그런데 처음으로 직접 봤습니다. 두더지가 다니던 그 땅이 들썩이는 걸 본 것입니다. 순간, 가슴까지 들썩였죠. 거기에다 내 손에는 삽까지 들려있었으니까요. 살며시 다가가 삽으로 들썩이는 땅을 퍼냈습니다. 그런데 내가 조금 늦었습니다. 다른 곳에서 들썩, 다시 땅을 팠는데, 조용합니다. 이리저리 헤집어봤지만 없습니다. 그 녀석 낯짝도 못 보고 게임이 끝났습니다. 대신 땅속으로 이리저리 구멍이 여러 곳으로 나 있는 것을 발견하곤 두더지 잡기는 깨끗이 포기했습니다. 두더지의 승리입니다.

돌아온 물결이?

제2차 공사입니다. 깊은 우물을 메워나갑니다. 곡괭이질로 뒤꼍 산등성을 파내어 메워나갑니다. 허리도 아프고, 근력도 딸리고, 힘들고 배도 고프고. 역시 노가다는 샛거리를 먹어야 합니다. 땅바닥에 펑퍼짐하게 앉아 빵을 먹고 있는데 손수레 바퀴 사이로 하얀 개가 보입니다. 이 깊은 산에 개가 있을 리가 없는데, 물결이? 벌떡 일어나보니 아닙니다. 나를 빤히 쳐다보고 있습니다. 저놈이 나쁜 놈인지 아닌지 가늠을 하고 있는 듯했습니다. 손을 내밀어 불렀습니다.

이리 와봐!

짜식! 사람을 금세 알아봅니다. 엉덩이가 돌아가게 꼬리를 칩니다. 줄 것이 없어서 카스텔라 빵에서 떼어낸 종이를 주었습니다. 딱 두 번 씹고 꿀꺽 삼켜버립니다.

해가 넘어갈 때까지 내가 일하는 동안 곁을 떠나지 않습니다. 나도 훨씬 덜 피곤했습니다. 보상으로 일이 끝나고 비스킷 몇 개를 던져줬습니다. 아마도 우리 집에서 일 킬로미터는 떨어져 있는, 가장 가까운 이웃인 할아버지네 개일 수도 있습니다.

오늘 난 산속으로 떠나버린 강이와 물결이 동화를 쓰기 시작했습니다.

내가 지고 말았습니다

할아버지네 개가 우리 집에 와서 가려고 하질 않습니다. 키는 건정하고 비쩍 마른 체형입니다. 짧고 흰털에 윤기라곤 하나도 없고 도깨비바늘이나 도둑놈의갈고리를 온몸에 덕지덕지 붙이고 다닙니다. 얼굴은 길쭉하게 생긴 게 미간은 운동장만큼 넓어 촌스럽기 그지없이 생겼습니다. 얄포름하게 큰 귀는, 토끼는 저리가라입니다. 그러니까 한마디로 징그럽게 귄이라고는 없는 모습입니다

내가 움직일 때면 내 앞에 섰다가 자주 밟힙니다. 천성적으로 사람을 좋아하는지 어떤 사람이든지 꼬리를 치며 반겨

줍니다. 밤이 깊어 가는데도 돌아가지를 않습니다. 마당가에 있는 섬잣나무 아래에 웅크리고 있습니다. 우리 집 개도 아닌데 집을 만들어 줄 수도 없잖아요. 그렇다고 밥이라도 줘버리면 아예 우리 집에 주저앉아버릴 것 같습니다.

새벽 두 시에 나가자 초롱초롱한 찬 별 아래에 누워있습니다. 나를 보자 기지개를 쫙- 펴며 다가와서 꼬리를 턱턱턱 칩니다. 종이박스를 하나 깔아줬습니다. 매운탕 대가리에다 내일 아침에 내가 먹을 밥을 말아주고 말았습니다.

앞으로 어찌 되든 오늘밤만은, 맘은 개운합니다.

연이 깊어진다는 건

연이 깊어진다는 건 근심이 깊어진다는, 책임이 많아진다는 겁니다.

멍청한 놈, 할아버지네 개는 내 옆에서 떨어지질 않습니다. 일을 하든 산책을 하든 꼭 따라붙습니다. 나도 점점 버릇이 되어서 개가 보이지 않으면 두리번거리게 됩니다. 녀석과 정을 붙이려 하지 않았는데, 나도 모르겠습니다. 그 녀석 이름도 내 나름대로 지어줬습니다. '멍'입니다. 제발 돌아가면 좋겠는데, 밥을 할 때면 쌀을 조금 더 퍼냅니다. 주전부리를 먹다가도 창밖을 한번 내다보게 됩니다. 새벽이면 한 번씩 나가봅니다.

집에 손님이 왔는데 멍이 손님에게 꼬리를 흔들며 맞이합니다. 개를 싫어하는 그 손님은 신발을 벗어 개를 때렸습니다. 저리 가라고 해도 눈만 찔끔 감고 맞아버립니다. 이놈의 멍청한 놈이 도망갈 줄도 모르나? 괜히 화가 치밀어 올랐습니다. 맞고 있는 놈이나, 때리고 있는 놈이나!

새벽에 산에서 나갈 일이 생겼습니다. 산속인지라 불을 끄면 말 그대로 칠흑 같은 세상이 됩니다. 반달이 서산을 넘어서고 있습니다. 멍은 내가 마당으로 나가자 엉성하게 펄쩍펄쩍 뛰어오릅니다. 차 안에서 바라보니, 토방에 서서 꼬리를 살살 흔들고 서 있습니다. 저놈의 멍청한 멍을 어떡한다?

헛걱정

오늘은 비가 왔습니다. 날이 차가워집니다. 추워지거나 비가 내리면 반드시 생각나는 게 있습니다. 산짐승들은 이 추위를 어떻게 지새울까? 동물들의 생태를 잘 모르기도 하지만 그들도 나만큼은 추워질 거라는 생각이 듭니다. 다만 동물들은 어쩔 수 없어 참고 견뎌내는 것이겠지요.

올 겨울, 산짐승들이 무사했으면 좋겠습니다. 깊은 산중 겨울은 길고 깊어서, 자꾸 헛걱정을 하게 됩니다.

흔적

맑은 바람을 맞으러 마당에 나갔다가 마당 한쪽에 서 있는 섬잣나무 아래를 바라보게 됩니다. 풀 무더기가 움푹 들어가 있습니다. 한동안 우리 집에 눌러앉아 살던 멍이의 잠자리 흔적입니다. 그런데 요즈음은 멍이가 아예 보이질 않습니다. 할아버지가 묶어두었든지 아님 다른 곳으로 살러 갔든지, 그랬겠죠……. 그리 됐을 거라고 생각합니다. 그런데 자꾸만 강이와 물결이 생각이 겹쳐납니다. 두 마리 모두 다 정상적인 생의 마감이 아니라는 생각에, 미안한 마음이 듭니다.

멍이가 웅크리고 잠을 청했던 자리에 가봅니다.

달빛이 고여 있습니다.

겨드랑이로 바람을 느껴봅니다

방에 앉아서 창밖을 바라보다가 가끔 말똥가리가 하늘을 나는 걸 구경하게 됩니다. 멋진 녀석들이죠. 높은 하늘에서 날개를 활짝 편 채 글라이더처럼 유유히 선회를 합니다. 나의 눈에서 사라질 때까지 단 한 번도 날갯짓을 하지 않았습니다. 몸이 바람보다 가볍거나 바람과 하나가 되었다는 뜻이겠지요. 날갯짓도 하지 않고 편안하게 하늘을 비행하는 모습을 따라다니다 보면 나도 편안해집니다.

멋진 그 녀석들에게도 불문율이 있습니다. 하늘에는 선도 없을 텐데, 물이 흐르고 있는 산골짝을 넘어서지 않는다는 겁니다. 유유히 비행을 하다가도 골짝 부근에서는 선회를 하고 맙니다. 그러니까 지상의 내 영역과 맞아떨어진 꼴입니다. 최소한 앞산은 말똥가리와 내가 공동으로 소유하고 있습니다.

그런데 넘어섰습니다. 며칠 전부터 그 골짝을 넘어 먼 산까지 다녀오고 있습니다. 한 번 넘어서더니 3년 동안이나 지켜오던 불문율을 날마다 깨고 있습니다. 나도 스스로 그어놓은 선이 있겠지요. 넘어가볼 겁니다.

같은 영역에서 살지만 무척이나 바둥거리며 살고 있는 나, 살며시 두 팔을 들어 올려봅니다. 겨드랑이로 바람을 느껴봅니다.

고니들이 왔습니다

올해는 고니가 오지 않으려나, 포기를 했는데 고맙게도 네 마리가 잊지 않고 찾아왔습니다. 멀리 자리를 잡고 쌍안경으로 봤습니다. 뭘 찾는지 긴 목을 물속에 넣고 한참동안 뒤적이다 고개를 들어 올렸습니다. 그 옆에 작은 오리들은 뽐내는 듯 엇차! 쏙쏙 잠수를 해댔습니다. 가슴 조이며 조금씩, 조금씩 다가갔습니다. 오리들이 고개를 쭉- 내밀고 경계를 하면 그 자리에 멈춰서고. 다시 먹이 찾기에 열중하면 한 걸음 다가서고. 오리들이 푸드득 도망가도 그 녀석들은 긴 목만 쭉 빼 들고 둘러 봤다가, 제 할 일을 했습니다. 고니들은

오리보다는 경계심이 적었습니다. 그 녀석들 표정을 볼 수 있는 곳까지 다가갔습니다. 노란 뺨에 까만 부리, 툭 튀어나온 이마에 까맣고 똥글똥글한 작은 눈. 난 예쁜 긴 눈썹까지 그려진 그림책을 생각했을까요? 고니들의 얼굴을 보는 순간 훗, 웃음이 삐져나왔습니다. 개구쟁이 같은 얼굴이었거든요. 오랫동안 그 자리에 앉아 지켜봤습니다. 고니들의 우아한 노랫소리를 들어볼 수도 있다는 기대를 품고요. 그런데 짜식들이! 배가 불렀는지 물가로 나와 머리를 날갯죽지에 파묻고 휴식이네요.

난 돌아오면서 실실 웃음이 나왔습니다. 나처럼 눈도 작은 것들이!

멧비둘기의 사연을 들어줬습니다

꾸꾸욱 꾸욱, 꾸꾸욱 꾸욱.

어떤 시인이 이보다 깊은 소리를 낼 수 있을까요?

아직 이파리가 돋아나지 않은 팽나무에 멧비둘기가 앉았습니다. 혼자서 속울음을 삼키고 있습니다. 딱 두 음절로 시를 쓰고 있습니다.

꾸꾸욱 꾸욱, 꾸꾸욱 꾸욱.

비둘기들은 우애가 깊어 짝을 이뤄 다니는데, 이 녀석은 혼자인 걸 보니 분명 말 못 할 사연이 있을 것입니다. 살금살금 다가갔죠. 녀석은 기지개도 펴보고, 고개도 까웃거려보고, 나를 경계하는 모습은 어디에서도 찾아볼 수가 없었습니다. 나도 팽나무 아래에 쪼그리고 앉아 울었습니다.

꾸꾸욱 꾸욱, 꾸꾸욱 꾸욱.

연유도 모르지만 그냥 따라 울었습니다. 그 녀석도 내가 울든 말든 내버려두고 제 사연으로 울었습니다. 우린 서로 울었습니다. 한 번씩 번갈아 가며 울었습니다.

꾸꾸욱 꾸욱, 꾸꾸욱 꾸욱.

꾸꾸욱 꾸욱, 꾸꾸욱 꾸욱.

그 녀석은 함께 울어주는 내가 위로가 되었던지 날아갈 생각을 하지 않았습니다. 난 그만 일어나고 싶어졌습니다. 내가 그 녀석의 사연을 온전히 헤아릴 순 없지만 그만했으면 됐다, 싶었습니다.

힘내자!

내가 벌떡 일어나자, 휘-이, 날아갑니다.

항의를 했습니다

밤, 징하게도 시끄럽습니다. 마당 앞으로 흐르는 계곡물소
리도 크지만 마당 옆 우물에서도 뭐라 뭐라 시끄럽습니다. 개
구리들의 반상회 날인가 봅니다. 작년만 해도 이렇게 시끄럽
게 굴지는 않았는데 이것들이 경우가 없어도 너무 없습니다.
마당에 나가 항의를 했습니다.

조용히 좀 해!

산이 쩌렁쩌렁 울리게 큰소리를 쳤습니다. 잠시뿐, 다시 뭐
라고 뭐라고 시끄럽습니다. 몇 차례 소리치자, 아예 내 말을
듣는 시늉도 하지 않습니다.

니 맘대로 해라.

포기를 하고 방에 들어와 있는데, 거 참! 조용해졌습니다. 반상회가 끝났나 봅니다.

아침, 커튼을 걷었는데 개구리가 울었던 자리에 다홍빛이 보입니다. 다가가 보니, 철 지난 명자꽃 두 송이가 벙그러져 있습니다. 어젯밤 개구리들이 시끄럽게 뭐라 뭐라고 했던 게 바로 명자꽃 두 송이 때문이었나 봅니다. 한하운 시인의 〈개구리〉를 읊어 봅니다.

가갸 겨겨
고교 구규
그기 가

라랴 러려
르료 루류
르리 라

원추리와 백합

빗소리에 잠이 깹니다. 이불 속에서 귀가 열려 세상의 빗소
리를 모두 받아냅니다. 이 세상 어느 것과도 바꿀 수 없는 편
안한 빗소리를 비집고 이런저런 생각이 끼어들자 금세 평화
는 깨지고, 이불을 털고 일어납니다. 꽃병에 원추리꽃을 꽂았
는데, 그제 피었던 원추리 꽃은 떨어졌고, 어제 피었던 꽃은
입을 오므려버렸습니다. 그리고 꽃봉오리였던 원추리가 함
박 피었습니다. 꽃대에는 수없이 작은 꽃봉오리가 크고 있습
니다. 그러니까, 원추리는 하루 피어 있는 꽃이고 대신 꽃봉
오리를 많이 가지고 있습니다.

비가 얼추 그치자, 얼른 세수하러 개울로 나갑니다. 개울가
에 원추리와 같은 모양으로 피어난 새하얀 백합이 피어 있습

니다. 비를 주룩주룩 맞고 있지만 꽃대 하나에 한 송이 꽃을 피우고 있기에 몇날며칠이 지나도록 그 모습 그대로입니다. 원추리와 백합은 생김새는 비슷하지만 다르게 삽니다. 은근히 나는 백합 편을 들고 있습니다. 나도 하루만에는 지지 않는 꽃이고 싶습니다.

그 집안 그 새

지네가 방으로 들어오지 못하게 하려면 바퀴벌레약을 창틀에 뿌려놓으면 효과가 있다기에 바퀴벌레약을 사와 창틀에다 뿌리려고 집을 한 바퀴 돌았습니다. 그런데 뒤껼, 평소에 전혀 쓰지 않던 화장실 창틀에 새집이 있습니다. 동그랗게 풀잎으로 말아서 만든 둥지. 하지만 한눈에도 텅 비었다는 느낌입니다. 어떤 새인지는 몰라도 새끼들을 훌륭히 키워냈

던 집일 겁니다. 가만히 생각해보니 언젠가 화장실 쪽에서 새소리가 난 것도 같습니다. 밤에도 방에 붙어있는 화장실을 별로 쓴 적은 없지만, 가끔 화장실에 불

을 켰을 때, 새들은 가슴을 졸였겠지요. 창 옆에 구부려 놓은 부엌 환풍구도 보입니다. 내가 산으로 이사를 들어온 첫해에 환풍구 속에다 집을 지어, 환풍구를 한동안 쓰지 못하게 한 새도 생각이 났습니다. 아마 그 집안의 새일 거라 생각이 듭니다.

어이없는 놈

방에서 가장 먼 처마 밑에서 물고기 한 마리가 이리저리 춤을 추며 종을 칩니다. 땡강땡강!

작년 언젠가, 창문을 타고 올라가 처마 밑에 매달아 놓았습니다. 비록 내 손아귀에 들어올 듯 작은 크기지만 풍경소리는 맘속에 여러 모습으로 담깁니다. 세찬 바람에 어쩔 줄 몰라 할 때도 있지만 신이 날 때도, 살랑바람에 한가로울 때도, 아릿할 때도 있습니다. 그런데 요 며칠 동안은 옴짝달싹도 안 하고 있습니다.

거미, 대단한 녀석들입니다. 지붕에서 7미터 정도 떨어져 있는 곳에 단풍나무가 있는데 그 두 곳을 연결해서 집을 지어놓았습니다. 아무리 가늠을 해보려고 해도 만만치 않은 거리를 거미 주제에 뛰어갔을 리도 없고 그렇다고 날개 달린 거미는 들어본 적이 없으니 말입니다.

오늘 이야기하려 하는 거미는 그 놈보다 더 어이없는 놈이 주인공입니다. 소리를 칭칭 동여 매놓은 녀석입니다. 풍경을 이리저리 엮어, 소리를 붙잡아뒀습니다. 소리가 꼼짝도 못하고 있습니다. 풍경소리가 듣기 싫었던 모양입니다. 풍경 가운데에 매달려 달랑거리던 물고기는 거미줄에 치켜 올라가

까우뚱해졌습니다. 더욱 가관은 시커멓게 생긴 그놈이 풍경 가운데로 들어가 보금자리로 삼았다는 겁니다. 풍경을 풀어 주려다가 기다려보기로 했습니다. 태풍이 올라오고 있으니 까요. 비도 내리고 바람도 세차게 불 겁니다. 짠한 생각이 들 기도 했지만 그걸 누구의 탓으로 돌릴 수 있겠습니까. 그러 니 앞뒤 가려서 자리를 잘 잡았어야 합니다.

반딧불이

산 아래 친구네 집에서 술 한 잔하고 터벅터벅 걸어 오르는 산길. 엷은 구름에 가려 달빛이 어스름한 게 을씨년스러운데, 이제 찬바람이 났으니 뱀들은 덥혀진 길바닥에 배를 깔고 있을 때가 되었지요. 달빛도 변변찮아 눈을 부릅뜨고 오르는데, 저게 뭐지? 어둔 숲속에서 빤짝거리는 게 날아와 내 앞으로 지나갑니다. 얼른 두 손을 뻗어 잡았더니, 손가락 사이로 환해졌다, 어두워졌다, 합니다. 작년까지만 해도 반딧불이를 구경하기가 힘들었는데 어두운 길을 이러저리 밝히며 돌아다니는 반딧불이가 남실남실 춤을 춥니다. 술을 먹어서 숨이 차오르는 산길, 잘됐습니다. 반딧불이 구경하며 쉬엄쉬엄 오릅니다. 무릉도원으로 오릅니다. 뱀 생각은 싹 사라졌습니다.

풀벌레 탓입니다

내 손바닥보다 키가 작은 꽃병, 앞으로는 이런 날이 없을 겁니다. 구절초와 취꽃과 왕고들빼기 꽃을 양껏 꺾어다 꽂았습니다.

어떤 녀석인지, 풀벌레 따위 밖에 되지 않는 녀석이 깊어가는 밤, 내 방까지 들어와 죽어라 외쳐댔습니다. 난 호락호락 넘어가지 않을 거라고, 책꽂이 쪽을 여러 차례나 두들기며 구시렁거렸는데도, 뭐라뭐라 외쳐댔습니다. 아니, 나에게 책을 읽어준 것인지도 모릅니다.

왜 그랬을까요? 난 외로워지고 말았습니다. 꽃병의 배가 터지도록 욕심껏 꽂아두었던 꽃들이 나를 더 외롭게 만들고 말았습니다. 아니, 정체를 알 수 없는 풀벌레 탓인지도 모릅니다.

드디어 만났습니다

강변, 무익조 조각이 세워진 곳이 주변 섬진강에서 가장 아름다운 풍경입니다. 무익조의 뒤로 구불텅 S자를 그리며 느릿느릿 흐르는 강이 펼쳐있습니다. 강 끄트머리는 하늘이 배경인 까닭에 무익조는 더 돋보이고요. 더군다나 눈으로 따라잡을 수 있을 만큼 먼 산모퉁이에서 흘러오는 강은 가려져 있어 더 아련하기만 합니다. 뒤돌아서면 당연히 흘러가는 강 풍경을 만날 수 있습니다. 나루터를 지키는 도깨비대장 조각과 도깨비살의 여울진 곳, 그리고 먼 산을 휘돌아 강은 사라집니다. 강 건너편 산모퉁이에서 가끔 불쑥 기차가 나타나 요란을 떨지만 금시 터널 속으로 몸을 감추면서 소리까지 몰고 들어가 버립니다.

드디어 만났습니다. 어둑 녘, 강폭이 넓고 깊어 물 흐름이 거의 없는 무익조 조각 아래 강물이, 꿀렁꿀렁하다가 불쑥 시커먼 녀석이 튀어나왔습니다. 수달입니다. 수달이 물고기를 사냥하려는 듯 잠수를 하고 있었습니다. 한참 동안 그렇게 돌아다니더니 강 건너편으로 머리를 내민 채 수영을 했습니다. 그 고요한 강물이 쫙 갈라지며 물길이 만들어졌습니다. 수달이 바위 위로 올라서자, 뒤따르던 물길이 바위에 부딪쳐 물동그라미가 자꾸만 커져 수달을

감싸 안았습니다. 나도 결국 물동그라미 안으로 들어갔고
요. 우린 마침내 하나가 되었습니다.